MICHAEL LÖWY
OLIVIER BESANCENOT

O *Caderno azul* de Jenny Marx

A visita de Marx à Comuna de Paris

TRADUÇÃO
FÁBIO MASCARO QUERIDO

Sumário

Nota do tradutor...13

Introdução. A descoberta do estranho *Caderno azul* de Jenny Marx..15

O *Caderno azul* de Jenny Marx – A visita de Marx
à Comuna de Paris 23

   1. A viagem clandestina 25

   2. Na casa de Léo Frankel.............................31

   3. Charles Longuet, o Dom Quixote vermelho.............41

   4. Élisabeth Dmitrieff e a União das Mulheres............. 53

   5. Passeios na Paris insurgente 65

   6. Eugène Varlin, comunista antiautoritário 77

   7. Encontro com Louise Michel 87

   8. O retorno a Londres 103

Posfácio.. 111

Sobre os autores 113

Nota do tradutor

Toda tradução, como nos ensinou Walter Benjamin, é *também* uma forma de reescrita. A comunicabilidade total entre duas línguas distintas, horizonte último de qualquer tradução, só seria possível à luz de um núcleo originário, cuja apreensão, entretanto, já há muito se tornou impossível. O processo de tradução pode ser visto, portanto, como uma tentativa de aproximação, necessariamente provisória, ao *sentido* original do texto, tarefa que exige um corpo a corpo cerrado com as *palavras* que estão sendo vertidas. É nesse entrecruzamento de *espírito* e *letra* que se configura a transposição entre os idiomas, a compreensão do primeiro como que orientando o modo de explicitação da segunda.

O desafio é tanto maior quando se trata, como é o caso, de uma obra que tem presente nela a marca francesa, sem que possa dela escapar. Acontecimento de alcance universal, a Comuna de Paris é também o desdobramento popular de uma tradição revolucionário-plebeia, por assim dizer, cujas origens remontam a 1789, quando o povo – ainda em aliança com a burguesia ascendente – colocou abaixo o *Ancien Régime*. É a essa tradição que pertence a Comuna de 1871 e, 150 anos depois, é também sobre ela que falam os autores deste livro.

O papel do tradutor, nesse cenário, concentra-se na tarefa de transpor essa atmosfera para o português, resguardando, quando possível, sua tonalidade *distintivamente* francesa. De onde, por exemplo, a opção por manter a maior parte dos nomes das ruas, monumentos ou igrejas de Paris na grafia original. No seu idioma específico, são nomes que muitas vezes remetem a um imaginário político mais amplo, em torno do qual Paris se fixou como *a* capital global das revoluções. Por isso também, as "notas dos editores", identificadas como "N. E. F.", foram vertidas literalmente, e, quando foi necessário manter termos ou expressões em francês, tomou-se a liberdade de adicionar algumas notas explicativas, visando explicitá-los para leitores não habituados seja com o idioma, seja com noções típicas da tradição revolucionária francesa. Buscou-se, assim, a fidelidade ao *espírito*, por certo, mas também, na medida do possível, à *letra* do texto.

Boa leitura! A Comuna vos aguarda!

Fabio Mascaro Querido

Introdução
A descoberta do estranho
Caderno azul de Jenny Marx

Eis como nos tornamos editores improvisados de Jenny Marx, em uma noite de outono em 2019...

Ao final de uma reunião em La Bellevilloise[1], em Paris, encontramos um velho amigo, Pierre Longuet, que nos convidou para uma bebida no bar da esquina. Descendente distante de Jenny Marx, a primogênita de Karl, e do *communard*[2] Charles Longuet, Pierre tem muito orgulho de seus ancestrais e adora nos contar histórias sobre eles. Nós sempre gostamos de ouvir esses relatos meio familiares, meio históricos, e, às vezes, um tanto indiscretos. Mas dessa vez foi um pouco diferente. Enquanto bebíamos nossa cerveja, ele nos contou uma curiosa descoberta:

– Outro dia, enquanto vasculhava um velho baú que pertencera à minha bisavó, repleto de livros velhos, algumas botas e uma máquina de costura antediluviana –, eu me deparei com um grande caderno escolar, de capa azul, cheio de anotações em escritura fina, de difícil leitura. As primeiras páginas estavam particularmente incompreensíveis, escritas à mão em alemão gótico[3]; mas deu para entender que o documento tinha sido escrito por minha bisavó e era de 1871.

---

[1] Centro cultural situado no 20º *arrondissement* (onde fica o bairro de Belleville) de Paris. (N. T.)

[2] Denominação utilizada para designar os partidários da Comuna. (N. T.)

[3] O alemão "cursivo" (*Sütterlinschrift*) é um sistema de escrita (ou estilo caligráfico e tipográfico) baseado nas antigas letras *Blackletter*, também conhecidas como góticas.

– Pierre, sem querer ser indiscreto, você poderia nos mostrar esse caderno? Gostaríamos de dar uma olhada nele.

– Por que não? Espero que vocês sejam capazes de decifrá-lo.

Nem é preciso dizer quanto nossa curiosidade tinha sido aguçada e como esperamos com impaciência a oportunidade de ver o estranho achado de nosso amigo. Infelizmente, sabemos muito pouco sobre Jenny Caroline Marx: nascida em 1844, ela era, em 1871, além de socialista militante, uma jovem muito atraente. Em uma homenagem póstuma, Engels disse que ela tinha "uma presença de espírito e uma energia que muitos homens poderiam invejar". Falava fluentemente alemão, inglês e francês, e ajudava os pais dando aulas de idiomas. Em 1870, tomou a iniciativa de publicar dois artigos na *Marseillaise* de Rochefort, sob o pseudônimo "J. Williams", denunciando o tratamento dispensado, nas prisões inglesas, aos prisioneiros políticos irlandeses. O escândalo foi tamanho que, mais tarde, o primeiro-ministro Gladstone se viu obrigado a libertá-los, permitindo que fossem para a América do Norte.

Franziska Kugelmann, filha de Ludwig Kugelmann, amigo de Marx, a descreve com muita simpatia em um testemunho posterior:

> Jenny Marx, graciosa e esbelta aparição, com cachos pretos, lembrava muito seu pai, física e moralmente. Feliz, viva e amável, ela tinha muita distinção e tato; tudo o que parecia berrante e espalhafatoso lhe era antipático.

Sua mãe contou-lhe que Jenny "lia muito, que seu horizonte era muito amplo e que ela se entusiasmava com tudo o que era nobre e belo".

Jenny presenteou a senhora Kugelmann com um caderno em que havia escrito uma "confissão", em resposta a perguntas pessoais. Eis aqui alguns trechos:

> A qualidade que mais aprecio – A humanidade
> Minhas antipatias – Os nobres, os padres, os soldados
> Minha ocupação favorita – A leitura

Em caracteres minúsculos, a escrita gótica se define pelas letras angulosas e pelas linhas quebradas, de onde a dificuldade para a leitura. (N. T.)

As personalidades históricas que mais odeio – Bonaparte e seu sobrinho
Meu poeta favorito – Shakespeare
Meu escritor de prosa favorito – Cervantes
Minha cor favorita – Vermelho
Minha máxima – "Seja fiel a si mesmo"
Meu lema – "Um por todos, todos por um"

Um militante espanhol da AIT, Anselmo Lorenzo, que a conhecera em 1871, se refere a ela, em suas memórias dos anos 1920, como uma "jovem extremamente bela, alegre e risonha, personificação da juventude e da felicidade"; além disso, era "educada e refinada, como mostrou completando minha exposição (sobre Dom Quixote) com um conjunto de considerações bem-vindas que eu jamais havia escutado de ninguém antes".

Uma conhecida foto a mostra em pé, apoiando ternamente o braço no ombro de Karl, sentado. Seu pai a chamava com frequência de Jennychen, mas às vezes de "Imperador da China" ou simplesmente de "Imperador", sem dúvida uma referência a leituras romanescas ou infantis.

Em 1872, ela se casou com o *communard* Charles Longuet, exilado em Londres, com quem teve seis filhos, cinco meninos e uma menina; em 1883, faleceu em Argenteuil, na grande Paris. Seu filho mais conhecido, Jean Longuet, foi um importante dirigente socialista na França.

Mas o que aconteceu em 1871?

Nós recebemos de nosso amigo Pierre Longuet o misterioso *Caderno azul* – esse é o nome que demos a ele – de Jenny Marx alguns dias depois. Após uma primeira avaliação, vimos que as páginas estavam amareladas, algumas delas ligeiramente danificadas, mas a escrita se mostrava bem conservada. Por outro lado, era de difícil compreensão! As notas estavam escritas primeiro em alemão, depois em francês e inglês, com trechos em alemão, e vice-versa. Recorremos a um camarada alemão, Arno Münster, bom conhecedor do alemão cursivo, e mergulhamos no trabalho. Não foi uma tarefa fácil; levamos certo tempo para decifrar os hieróglifos da caligrafia apertada da pequena Jenny.

Jenny e Karl Marx.

Introdução – A descoberta do estranho *Caderno azul* de Jenny Marx   19

Assim que conseguimos ler as primeiras páginas, fomos tomados pela perplexidade, em seguida pelo espanto: seria possível? O *Caderno azul* revelava um segredo fabuloso. O diário mantido por Jennychen era, nem mais nem menos, o relato minucioso da visita secreta feita por ela e por seu pai a Paris entre 4 e 20 de abril de 1871, ou seja, em plena vigência da Comuna!

Ela relata em detalhes a viagem secreta à França com o pai ilustre, os encontros com os *communards* – Léo Frankel, Louise Michel, Eugène Varlin, Charles Longuet, Élisabeth Dmitrieff – e as intensas discussões entre Karl e seus amigos franceses. A primogênita não se limita a acompanhar o pai, tomando também algumas iniciativas: é ela quem vai organizar o encontro de Karl com Louise Michel. Várias páginas do *Caderno* são dedicadas a... Charles Longuet, por razões bem conhecidas. Ótima observadora, ela descreve não apenas os argumentos debatidos, mas também os personagens, sua aparência, a maneira como se vestem, seu caráter, sua atitude. A escrita é direta, imediata, sem digressões literárias, estéticas ou filosóficas, mas revela com nitidez a marca de suas convicções socialistas e internacionalistas.

Jenny conta as atividades de seu pai, durante essa estadia clandestina, com admiração, ternura, mas também com certa distância e até um toque de ironia... Seu engajamento sociopolítico é evidente. No entanto, ela está tão interessada no aspecto humano e sensível desses encontros quanto nos argumentos teóricos desenvolvidos por Karl. Sua opinião nem sempre coincide com a do pai, mas ela registra com fidelidade as suas propostas, os comentários sobre os acontecimentos e os diálogos de Karl com os *communards*. Quase sempre, ela o designa por Mohr – "o Mouro" –, seu apelido preferido, que ganhara quando estudava em Berlim, devido à sua tez escura, à sua barba e a seus cabelos pretos como ébano, que remetem à sua condição de judeu. Às vezes, porém, ela o designa simplesmente como "Pai", e, quando se dirige diretamente a ele, como "papai".

Jenny nos mostra um Marx ansioso para entender essa experiência nova, mais interessado em se instruir com a Comuna que em ministrar lições. É verdade que ele não hesita em dar sugestões quando julga necessário. Mas fracassa na tentativa de convencer os interlocutores a confiscar o dinheiro do Banco da França ou a lançar uma ofensiva militar contra os versalheses... Só convenceu uma *communard*, Louise Michel, como veremos mais tarde.

O *Caderno azul* acaba em 20 de abril. A visita se encerra porque os informantes de Versalhes começaram a espalhar o boato de que um "prussiano vermelho" era o chefe secreto da Comuna. A fim de cortar essas insinuações pela raiz, tanto Karl quanto seus amigos franceses concordaram que era melhor ele retornar a Londres.

Nós não sabemos se Karl ou, mais tarde, Charles Longuet tomaram conhecimento desse diário de bordo. Se sim, julgaram preferível guardar segredo, provavelmente com a preocupação de não alimentar a lenda reacionária segundo a qual Marx era o "maestro clandestino" da revolução. Tal é sem dúvida a razão pela qual a própria Jenny preferiu conservá-lo no fundo de seu baú.

Ficamos literalmente maravilhados com a magnitude da descoberta. Não era absolutamente incrível que semelhante visita não houvesse se tornado conhecida ou não tivesse sido mencionada por testemunhas? Que não estivesse registrada em nenhum outro documento histórico? Que os melhores historiadores da Comuna ou os biógrafos de Marx a tivessem ignorado? Evidentemente, a aventura parisiense dos dois era secreta, mas isso bastava para explicar o silêncio?

O *Caderno azul* era de fato o relato de tal visita ou o produto da imaginação da jovem? Como Jenny Marx-Longuet nunca escreveu uma obra de ficção, somos obrigados a levar a sério a primeira hipótese. Cabe às leitoras e aos leitores julgar... Em todo caso, chegamos à conclusão de que era preciso a todo custo publicar esse documento inédito, ainda que ele permaneça, em muitos aspectos, misterioso, paradoxal e inexplicável.

*

Assim que terminamos nosso trabalho de decifração, procuramos Pierre Longuet a fim de explicar-lhe o conteúdo do *Caderno azul* e pedir seu aval para publicá-lo.

Introdução – A descoberta do estranho *Caderno azul* de Jenny Marx   21

– Pierre, você ficará surpreso, mas esse *Caderno azul* conta uma visita clandestina de Jenny e de seu pai, Karl, a Paris, durante a Comuna.

– Não é possível. Onde vocês encontraram isso?

– Nós não temos explicação, mas foi o que sua bisavó escreveu...

Lemos para ele algumas passagens do documento e Pierre foi obrigado a aceitar que não estávamos exagerando. Como nós, ficou a um só tempo perplexo e fascinado pela descoberta...

– Pierre, você autoriza a publicação desse *Caderno azul*?

– Não sei... Jenny queria mantê-lo em segredo...

– Mas já se passou mais de um século. Hoje ninguém tentaria fazer de Marx o chefe secreto da Comuna.

– Vão me acusar de ter escrito esse *Caderno*, de ter feito um trabalho de falsário.

– Pierre, ninguém pode acusá-lo de escrever em alemão gótico cursivo!

Nosso amigo finalmente deu seu consentimento à publicação do precioso documento.

Eis aqui, portanto, nas páginas seguintes, o texto do *Caderno azul*, devidamente traduzido para o francês – à exceção de algumas poucas palavras, que mantivemos em alemão ou em inglês. Os títulos dos capítulos são de nossa responsabilidade, os organizadores, não figurando no original: o objetivo é o de facilitar a leitura. Também adicionamos, aqui e ali, algumas notas explicativas.

Por um feliz acaso, esta publicação coincide com o 150º aniversário da Comuna de Paris. A história desse acontecimento ainda nos reserva surpresas e descobertas, e sem dúvida continuará a ser assim nas próximas décadas...

Olivier Besancenot, Michael Löwy

(MAI 1871)

La barricade de la place Blanche défendue par des Femmes.

1
A viagem clandestina
Como Jenny convenceu seu pai a visitar Paris

20 de março de 1871, Londres

Mohr voltou de sua caminhada muito feliz. Sacudia, diante dos nossos olhos atônitos, a última edição do *Times*, de Londres, esse órgão oficial da burguesia inglesa, com o título em cinco colunas na capa: *Red Terrorists Seize Power in Paris*[1]. Tratava-se da proclamação da Comuna pelo Comitê Central da Guarda Nacional. Eu nunca tinha visto meu pai dominado por tal entusiasmo:

– É o proletariado que toma o poder! É o início da revolução social na França, talvez na Europa... O galo gaulês cantou! É melhor do que em 1848: desta vez, "eles" não nos receberão como em junho de 1848: os Vermelhos têm os canhões da Guarda Nacional...

Um dia memorável. Passamos horas esmiuçando as notícias, tentando apreender os fatos por trás da pesada névoa da imprensa reacionária. Claramente, algo de novo, de inédito, estava acontecendo em Paris, essa cidade de gloriosa tradição revolucionária. Nos dias seguintes, informações cada vez mais encorajadoras chegavam a Londres: nas eleições dos delegados do dia 26 de março, vários de nossos camaradas da Associação Internacional dos Trabalhadores (AIT), como Léo Frankel e Eugène Varlin, tinham sido eleitos. Alguns dias depois, a Comuna era

---

[1] Em 1871, "terrorista" não se referia a atentados e sim ao Terror da Revolução Francesa. (N. E. F.)

proclamada. Entre os primeiros decretos, a abolição do recrutamento militar e do exército profissional!

Foi então que tive a ideia:

— Pai, por que não fazemos uma visita a nossos amigos franceses? Por que não acompanhar *in loco* essa extraordinária Comuna? Paris nos espera!

De início, Mohr estava hesitante:

— Você acha, Jennychen, que eles ficarão felizes em receber a visita de um alemão?

— Mas, papai! Eles são internacionalistas: seu amigo Léo Frankel não é um judeu húngaro de cultura germânica? Ainda assim foi eleito para a direção da Guarda Nacional e agora da Comuna, não?

— É verdade. Mas há outro problema mais sério: se ficarem sabendo da minha presença em Paris, Thiers e sua claque de jornalistas vão imediatamente acusar os líderes da Comuna de estarem sendo manipulados por um "prussiano vermelho", um conspirador estrangeiro.

— Sem dúvida, pai, esse problema é real, mas podemos evitá-lo guardando segredo sobre a sua visita. Somente nossos amigos mais próximos saberão de sua presença em Paris. Precisaremos nos manter na mais estrita clandestinidade.

Mohr ainda hesitava. Mamãe não ficou nem um pouco entusiasmada com minha proposta... Ela achou o plano perigoso e tentou nos dissuadir da aventura. Mas Pai estava cada vez mais tentado pela ideia de acompanhar de perto essa experiência única. Finalmente, após um período de reflexão de alguns dias, fascinado pelas notícias que chegavam da capital francesa, ele decidiu:

— *All right*, Jennychen! Vou escrever a Léo para consultá-lo sobre a ideia. Se ele concordar, nós iremos. Mas essa visita deve permanecer totalmente secreta, caso contrário, corremos o risco de prejudicar nossos amigos.

O mais urgente era entrar em contato com Léo Frankel para saber sua opinião. Graças a John Welson, um amigo jornalista inglês simpatizante da AIT, enviado por seu jornal para cobrir os acontecimentos em Paris, Pai pôde escrever uma carta a Frankel. Léo respondeu por intermédio do mesmo amigo, que viajava frequentemente entre Londres e Paris: ele ficou encantado com a ideia e insistiu para que Marx fosse o mais rápido possível a Paris. Após essa mensagem, Mohr não mais hesitou: era preciso ir à capital francesa. Encarreguei-me de comprar as passagens e, em seguida, Pai enviou nova mensagem a Léo: nós iríamos no barco de linha que chegaria a Calais no dia 4 de abril, por volta das 2 horas da tarde. Em resposta, nosso amigo nos informou que um jovem companheiro estaria à nossa espera no porto para nos levar a Paris.

Para que não fosse reconhecido, Mohr precisou mudar radicalmente o visual. Após muito esforço persuasivo, consegui convencê-lo a encurtar a barba e a tingir o cabelo de preto. De início, ele ficou muito infeliz com a transformação, mas aos poucos foi se acostumando, embora continuasse a reclamar dessa obrigação impertinente. Mamãe ficou chocada ao vê-lo assim transformado e ele teve de prometer solenemente que, na volta, seu rosto voltaria ao aspecto habitual...

Restava o espinhoso problema do controle aduaneiro. Foi um alfaiate inglês, amigo de Engels e simpatizante de AIT, John Richardson, e sua filha Sarah, que nos ajudaram generosamente, doando seus passaportes. Em seguida, alegaram tê-los perdido... É verdade que Pai falava a língua de Shakespeare com um leve sotaque alemão, mas essa era uma sutileza que os funcionários da alfândega francesa não necessariamente perceberiam. Meu inglês, por sua vez, era impecável, com uma pronúncia tipicamente londrina. Em caso de interrogatório, diríamos que o objetivo da viagem era comprar tecidos franceses para nossa oficina de costura.

Foi mamãe quem fez as malas, com roupas de primavera e um pouco de lã, prevendo uma viagem de algumas semanas; ainda não havíamos decidido de quanto tempo seria nossa estada. Pai queria a todo custo levar a Paris um exemplar de *O capital*, mas eu o convenci a desistir:

– Pai, é muito perigoso. Imagine o que poderia acontecer no caso de uma busca por funcionários da alfândega... Aliás, quem o lerá? Frankel já tem um exemplar, que você lhe deu quando ele estava em Londres, e os franceses da Comuna não leem em alemão.

Em troca, Karl pegou um exemplar das *Ilusões perdidas*, de Balzac, que queria reler. Para provocá-lo, levantei algumas objeções:

28　O *Caderno azul* de Jenny Marx – A visita de Marx à Comuna de Paris

– Desde quando você lê autores monarquistas, partidários da di-
nastia *legítima* dos Bourbons?

– *All right*, Balzac era um *legitimista*. Mas quem conseguiu, melhor
do que ele, mostrar o poder corruptor do dinheiro? Aprendi mais com
Balzac sobre a sociedade burguesa que com todos os economistas,
estatísticos e teólogos juntos.

É claro que estávamos de acordo. Mohr nos educou no culto dos
grandes autores e autoras, Balzac, Dickens, as irmãs Brontë, a sra.
Gatskel, todos e todas críticos implacáveis dos costumes burgueses.

4 de abril de 1871

Mamãe e Eleanor nos acompanharam até Dover, onde o barco
nos esperava. Minha irmã estava um pouco enciumada: ela também
adoraria participar da viagem. Mas Karl tinha julgado, não sem razão,
que uma delegação familiar tão grande poderia dificultar as coisas para
os amigos franceses.

No cais, mamãe me chamou para um lado:

– Cuide de seu pai, Jennychen. Não deixe que ele corra riscos
desnecessários.

– Pode contar comigo, mamãe...

Essa inversão dos papéis habituais me divertiu. Mas, no fim das contas, ela não estava errada: a viagem não era isenta de perigos para Mohr.

A travessia do Canal da Mancha foi tranquila. Os passageiros
eram, em sua maioria, burgueses, comerciantes ou industriais que não
paravam de reclamar dos "Vermelhos" parisienses, aqueles selvagens,
criminosos cujas atividades insensatas estavam causando grandes
prejuízos aos negócios. Um deles exigia, alto e bom som, que aquela
canalha parisiense fosse fuzilada. Não foi fácil para Pai se conter, mas
ele sabia que precisava suportá-los em silêncio. Virando-se para mim,
sussurrou: "*Verfluchte Spiessbürger*[2]". O virulento ódio de classe desses

---

[2]　Expressão alemã intraduzível, algo como: "malditos burgueses filisteus". (N. E. F.)

A viagem clandestina   29

personagens apenas atestava a sua opinião de que a Comuna era uma expressão autêntica do proletariado insurgente.

Em Calais, fomos submetidos ao controle da alfândega e da polícia. Mohr passou sem problemas, mas eu fui submetida a uma vistoria exasperante! Minha mala foi revistada por um longo tempo e o único item digno de nota que encontraram foi um exemplar de *Tempos difíceis*, de Charles Dickens, que planejava reler durante a estada em Paris. Felizmente, os funcionários da alfandega não sabiam que se tratava de um perigoso e incendiário panfleto antiburguês! Em seguida, fui submetida a uma humilhante revista e, ainda por cima, a um extenso interrogatório policial, sob a direção do barão (bonapartista) Desgarre, procurador da República:

– Senhorita Richardson, qual é a sua relação com a Associação Internacional dos Trabalhadores?

– Senhor, sou apenas uma modesta costureira, não sei do que está falando.

– Senhorita Richardson, quais são seus contatos com os Vermelhos parisienses?

– Senhor, só vim à França para comprar alguns tecidos da moda.

– Senhorita Richardson, caso se recuse a cooperar, serei obrigado a prendê-la.

– Senhor, receio que haja um erro de pessoa, eu não entendo nada de suas perguntas.

Diante do meu silêncio obstinado e da ineficácia de suas ameaças, o barão – aquele *bloody bastard*[3] – finalmente teve de me deixar partir. Por que eles se preocuparam comigo e não com meu ilustre pai? Não sei a que devi tamanha honra! Como eles não descobriram minha real identidade, é possível que fosse por causa da pequena Sarah (a verdadeira "senhorita Richardson"): ela era provavelmente mais ativa que seu pai na AIT, atraindo a atenção de informantes.

Mohr esperava do lado de fora, inquieto e perplexo. Seus protestos aos funcionários ficaram sem resposta. Ficou muito aliviado ao me ver

---

[3]   Expressão inglesa intraduzível, algo como: "desgraçado", "crápula". (N. E. F.)

sair e indignado quando lhe contei o ocorrido. Abraçando-me, disse, orgulhoso de sua prole:

— Eu a felicito, Jennychen, por sua coragem e sangue-frio diante desses energúmenos.

— Obrigada, papai. Ainda bem que eles não se interessaram por você. Aparentemente, pensam que sou a mais perigosa dos dois...

Era preciso partir o mais rápido possível, antes que o sinistro barão Desgarre mudasse de ideia.

Felizmente, o pequeno Jean-François, aprendiz de ourives que havia trabalhado com Léo Frankel e era seu homem de confiança, tinha vindo nos buscar. Apareceu em uma velha charrete, puxada por dois cavalos também não muito jovens; mas essa modesta atrelagem era do que precisávamos para nos levar a Paris sem chamar muita atenção. Foi nosso primeiro contato com um proletário parisiense insurgente. Animado e amigável, Jean-François nos contou, cheio de entusiasmo, os últimos atos da Comuna:

— No dia 2 de abril, decretamos a separação entre a Igreja e o Estado. Finalmente! E processamos o governo de traidores de Adolphe Thiers. Mas a grande novidade ocorreu ontem: lançamos uma ofensiva militar contra os versalheses.

Mohr ficou encantado:

— Formidável! Esse é o verdadeiro caminho para a vitória: a melhor defesa é o ataque!

Após cinco ou seis horas de viagem, o jovem aprendiz nos deixou, sãos e salvos, na casa de Léo.

2
Na casa de Léo Frankel

Chegamos a Paris por volta das 8 da noite, bastante cansados. Léo Frankel morava em uma casinha com jardim, na Butte-aux-Cailles[1]. Ele nos recebeu muito calorosamente. Cada um de seus gestos revelava a alegria causada por aquela visita inesperada:

— Bem-vindos a Paris, queridos Karl e Jenny! Karl, que mudança! Quase não o reconheci...

— Foi Jenny que me obrigou a fazer isso, por medida de segurança, diz ela...

— Meus queridos, tenho dois quartos de hóspedes à sua disposição. Vocês estarão bem instalados e meu bairro é um dos mais vermelhos de Paris...

Evidentemente, Pai estava muito feliz por poder ficar na casa do amigo:

— Obrigado, caro Léo, aceitamos sua generosa oferta. Sua casa será nosso quartel-general em Paris[2].

---

[1] Situado no 13º *arrondissement* de Paris, esse bairro era um dos quartéis-generais dos *communards*. Ali ocorreram algumas das mais encarniçadas lutas contra os partidários do poder instalado em Versalhes. (N. T.)

[2] Em sua correspondência, Marx se dirigia a seus amigos pelo sobrenome: "caro Kugelmann", "caro Liebknecht"; uma das raras exceções era Engels ("caro Fred"). Ora, no *Caderno azul*, Jenny o menciona chamando os amigos pelo primeiro nome. Uma possível explicação seria a natureza mais informal das conversas orais em comparação com a correspondência escrita. (N. E. F.)

Eu gentilmente brinquei com meu amigo Frankel, lembrando-o de que ele havia prometido, em Londres, me ensinar a fazer joias, promessa que não cumpriu...

Léo garantiu que me levaria ao seu estúdio assim que tivesse um pouco de tempo. Na sua ausência, era Jean-François quem cuidava de tudo.

Antes de ser eleito para a Comuna pelo 13º *arrondissement*[3], Léo havia trabalhado como ourives-joalheiro, o que lhe permitia levar uma vida decente. Era um homem baixo, de tez ligeiramente escura, cabelos pretos e uma barba curta da mesma cor. Vestia-se de maneira simples, mas não sem certa elegância. Seu rosto tinha um ar de família "judia da Europa Central". Seus adversários políticos julgavam-no feio, apreciação que sempre achei bastante injusta. Era fluente em alemão e francês, mas sempre com um delicioso sotaque húngaro. Léo conheceu Mohr durante uma estada em Londres em 1869, e, após devorar o *Manifesto comunista* e alguns outros escritos políticos dos mesmos autores – talvez até mesmo um ou dois capítulos de *O capital* –, tornou-se um partidário obstinado do comunismo versão Karl e Friedrich[4]. Léo e Mohr tornaram-se amigos e, depois da ida do primeiro para Paris, mantiveram-se em contato epistolar. Frankel logo se transformou em um dos principais organizadores da seção francesa da AIT.

Em abril de 1870, Léo foi preso pela polícia do Segundo Império com outros militantes da AIT. As notícias sobre o julgamento chegaram ao meu pai, que nos manteve informados. Ficamos impressionados com o corajoso discurso de Frankel diante dos juízes bonapartistas, que o acusavam de "conspiração": "Não escondemos nossos objetivos. A Associação Internacional não visa aumentar o salário dos trabalhadores, mas sim a abolição completa do trabalho assalariado, que nada mais é que escravidão disfarçada". Preso por alguns meses, ele retomou

---

[3]   A cidade de Paris está dividida em 20 distritos administrativos – os *arrondissements*. (N. T.)

[4]   Hoje diríamos que Frankel era "marxista", mas esse termo não existia em 1871. (N. E. F.)

suas atividades como militante "internacional" logo após ser libertado. Membro da Guarda Nacional, foi eleito no dia 26 de março de 1871 delegado da Comuna pelo 13º *arrondissement*. Uma bela figura esse pequeno joalheiro-artesão húngaro.

No dia seguinte, 5 de abril, Frankel solicitou meio dia de licença à Comissão de Finanças da Comuna – para a qual fora eleito em março – a fim de dedicá-lo a Mohr. A conversa entre eles ocorreu em alemão, temperada com algumas palavras em francês. Tomei notas do diálogo.

Léo estava muito orgulhoso por poder dizer a Mohr que o Conselho acabara de validar sua eleição para a Comuna, com o seguinte argumento: "Considerando que a bandeira da Comuna é a da República Universal, os estrangeiros podem dela participar". A seus olhos, a Comuna retomava assim a nobre tradição da Revolução Francesa, que havia concedido a cidadania francesa a Anacharsis Cloots[5]; Cloots havia deixado sua Prússia natal para vir a Paris, cidade que, graças à Revolução, se tornara a "capital do mundo".

Pai o felicitou por essa conquista, acrescentando, porém, uma pitada de ironia:

– Esperemos que você não termine como Anacharsis Cloots, guilhotinado pelos revolucionários...

Léo não compartilhava desse temor:

– É pouco provável que isso aconteça, querido amigo. Nossa Comuna rompeu com essas práticas bárbaras. Como você deve ter lido na minha carta do final de março, não tenho dúvidas quanto à importância histórica do que está acontecendo em Paris. Se tivermos sucesso em transformar radicalmente o sistema social, a revolução do 18 de março será a mais eficaz entre todas as que já ocorreram até o presente.

Mohr compartilhava totalmente dessa visão. Para ele, a Comuna de Paris era um acontecimento sem precedentes: pela primeira vez na história, os proletários tomavam o poder. Mas ele queria saber a opinião do amigo sobre as primeiras medidas necessárias para se

---

5   Revolucionário francês, jacobino e anticlerical. Acabou enviado à guilhotina por Robespierre. (N. T.)

avançar na direção da transformação radical da sociedade. Como Léo lhe explicou, nem todos os membros da Comuna eram coletivistas ferozes: havia jacobinos, maçons, proudhonianos moderados, e assim por diante.

Para Léo, era preciso avançar com precaução. Não era hora de agitar a bandeira vermelha do comunismo, mas sim de buscar propostas mais consensuais, iniciativas de "bom senso", aceitas por todos.

Pai não discordou dessa cautela, mas lhe pediu alguns exemplos desse tipo de iniciativa.

Frankel estava convencido de que uma medida verdadeiramente socialista e amplamente aceitável seria a abolição do trabalho noturno dos padeiros. Suas condições de vida eram desumanas, sem descanso, sem vida familiar. Ele estava determinado a lutar por essa causa[6].

Mohr reconheceu que essa era uma ótima proposta. Mas se perguntava se de fato ela poderia ser considerada "socialista", já que não tocava nas relações de produção...

Segundo Léo, essa medida demonstrava a todos que somente o socialismo poderia acabar com as injustiças sociais gritantes da sociedade burguesa.

Mohr não parecia muito convencido por esse argumento, mas não queria polemizar com o amigo. Preferiu sugerir uma via mais radical:

– Certamente, mas não deveríamos também propor iniciativas que coloquem em questão a propriedade privada dos meios de produção?

– Sem dúvida, caro Karl. A esse respeito, tenho uma ideia que talvez possa ser interessante. Como você deve saber, muitas oficinas foram abandonadas por seus proprietários, que fugiram com os versalheses. Devemos deixá-las paradas? Condenar os empregados ao desemprego? Vou propor que essas oficinas abandonadas sejam operadas pela associação cooperativa dos trabalhadores que nelas estavam empregados.

---

[6] Em 20 de abril, quando foi anunciado o decreto abolindo o trabalho noturno dos padeiros, Frankel exclamou que se tratava da "única medida verdadeiramente socialista emitida pela Comuna até aquele momento". (N. E. F.)

– Excelente ideia, Léo! Mas você acha que essa medida (na verdade, um passo em direção ao comunismo) será aceita pela maioria da Comuna?

– Acho que sim. Veremos...

Nesse momento, entrei na conversa.

– Léo, você não acha que devemos ajudar a Comuna a tomar a boa decisão, estimulando a iniciativa dos próprios trabalhadores?

Léo concordou comigo. E disse que em não poucas oficinas abandonadas os trabalhadores já tinham se auto-organizado para tocar os negócios. Para ele, essa pressão da base contribuiria para fazer avançar nossa causa nas fileiras da Comuna.

O tempo passava e começamos a ficar com fome. Léo era solteiro e era ele próprio quem cozinhava. Preparou um excelente *goulash* húngaro, que muito agradou a Mohr. Com exceção da carne, a maioria dos ingredientes vinha da sua horta, onde cultivava legumes e ervas aromáticas. Como Léo estivesse muito ocupado desde 18 de março, a horta tinha sido um pouco negligenciada e precisava de cuidados. Fomos os três, portanto, para lá. Enquanto arrancávamos as ervas daninhas, a conversa continuou, mas, estando ocupada limpando o canto em que cresciam os tomates, não pude fazer anotações.

Léo reunira para Karl uma grande quantidade de documentos sobre os acontecimentos desde 18 de março: decretos da Comuna, atas das reuniões do Conselho, exemplares de jornais como *Le Père Duchesne* ou *Le Moniteur* (versalheses). Passamos os dois dias seguintes na casinha da Butte-aux-Cailles, estudando esse material e tentando entender a incrível dinâmica dos acontecimentos. Pai tomava notas, destacando-as com pontos de exclamação ou de interrogação.

Em 8 de abril, Léo voltou mais cedo de seu trabalho na Comissão de Finanças. Mohr o esperava impaciente. Queria saber como estava a situação financeira da Comuna.

Frankel ficou um pouco embaraçado. Teve de admitir que a situação era complicada. Os revolucionários encontraram os cofres municipais quase vazios: apenas com o suficiente para pagar as despesas mais urgentes, alguns trabalhos essenciais, os salários dos funcionários e a manutenção da Guarda Nacional.

Mohr expressou seu espanto:

– Mas, Léo, há muito dinheiro nos cofres do Banco da França! Vocês não vão deixá-lo nas mãos dos versalheses! O que esperam para se apropriar desse tesouro de guerra? Se vocês controlarem o Banco da França, os versalheses estarão arruinados.

– Concordo com você, Karl, mas não estou seguro de que meus camaradas da Comissão de Finanças sejam da mesma opinião. Vou falar com eles, de qualquer maneira.

No dia seguinte, quando voltou para casa no final da tarde, Léo parecia infeliz. Bastava ver seu rosto e seu modo de andar para compreender que não havia logrado êxito. Descrevendo a Mohr o resultado da reunião da Comissão, explicou:

– Como eu havia previsto, caro amigo, minha proposta (na verdade, a sua) não foi aprovada. Parece que meus companheiros têm um respeito sagrado por essa venerável instituição. Em particular, temem ser acusados de ladrões, de pessoas que enriqueceram com dinheiro público. Para eles, é uma questão de princípio, uma questão moral. Receiam que a reputação da Comuna seja manchada para sempre se tocarem no Banco da França. A ideia de sujar as mãos com esse dinheiro lhes é insuportável. Blanquistas, jacobinos e proudhonianos, quase sempre conflitantes em diversas questões, manifestam uma unanimidade surpreendente a esse respeito.

– É uma pena... Vocês estão se privando de um trunfo decisivo nesta implacável guerra de classes. Afinal, o dinheiro do Banco da França pertence ao povo e o povo são vocês, a Comuna! Se eu pudesse me dirigir diretamente à Comissão de Finanças...

Frankel explicou-lhe que, nesse caso, sua presença em Paris seria imediatamente conhecida, o que seria muito perigoso, tanto para ele quanto para os *communards*. Além do mais, não achava que Mohr teria melhor sorte que ele na tarefa de convencer a Comissão, cuja repugnância pelo dinheiro parecia uma linha de conduta... financeira.

Eu me abstive de participar desse diálogo. No fundo, concordava com Pai, mas também compreendia as preocupações éticas da Comissão.

Poucos dias depois, em 9 de abril, fomos surpreendidos, na hora do café da manhã, pelo jovem Jean-François, que, sem fôlego pela corrida, nos trouxe notícias alegres: "Vocês sabem da última? Hoje ocorrerá uma grande festa da Comuna: vamos queimar a guilhotina! É um dia histórico!". Não perderíamos de modo algum a ocasião! Fomos à place Voltaire, em frente à prefeitura do 11º *arrondissement*, onde já se encontrava uma multidão considerável em torno da bandeira vermelha. Vimos destacamentos da Guarda Nacional e muitos trabalhadores, homens e, principalmente, mulheres. Em acordo com os responsáveis pela justiça da Comuna, o 137º Batalhão da Guarda Nacional buscou duas guilhotinas que estavam na prisão da Roquette. As duas máquinas da morte foram trazidas por uma carroça puxada por dois cavalos e lançadas em uma pira, aos gritos de "Viva a Comuna!" e "Ao fogo a guilhotina!". Era uma verdadeira festa popular, alegre e entusiasmada, sob o olhar estupefato da estátua de Voltaire.

Perto de nós, um casal se abraçava ternamente, os olhos fixos na pira. Um guarda nacional, provavelmente um conhecido, voltou-se para eles, exclamando: "Em breve, faremos uma bela fogueira com o Palácio de Versalhes!". Um pouco mais adiante, uma jovem se destacou da multidão: vestida com uma camisa branca, ela brandiu o punho, gritando "Comuna ou morte!". Pensei ter reconhecido Élisabeth Dmitrieff, mas estávamos longe demais para poder identificá-la. A frase foi repetida, imediatamente, por um destacamento da Guarda Nacional que a cercava. Tábuas eram jogadas ao fogo de todos os lugares, enquanto uma densa fumaça subia ao céu.

Pai observava a cena maravilhado e feliz: desde 1848 ele não via nada parecido. A multidão plebeia não estava, porém, mergulhada em ilusões pacifistas. À medida que as chamas consumiam as guilhotinas detestadas, milhares de pulmões cantavam uma velha canção revolucionária de 1793, ligeiramente atualizada:

> *O senhor Thiers tinha prometido,*
> *O senhor Thiers tinha prometido*
> *Degolar toda Paris,*
> *Degolar toda Paris.*
> *Mas seu tiro falhou, graças aos nossos artilheiros.*

Dancemos a Carmagnole, viva o som, viva o som,
Dancemos a Carmagnole, viva o som do canhão!

O que exige um republicano?
O que exige um republicano?
A igualdade do gênero humano,
A igualdade do gênero humano.
Não mais ricos em pé! Não mais pobres de joelhos!
Dancemos a Carmagnole, viva o som, viva o som,
Dancemos a Carmagnole, viva o som do canhão!

Ah, vai ficar tudo bem, vai ficar tudo bem, o senhor Thiers será enforcado!.
Ah, vai ficar tudo bem, vai ficar tudo bem, vamos enforcar o senhor Thiers![7]

E então a multidão começou a dançar a "Sainte Carmagnole"[8], homens e mulheres, velhos e jovens, guardas nacionais e estudantes, operários e artesãos, em uma enorme farândola, sempre cantando. Apenas uma hora depois, com o fogo já extinto e as máquinas do doutor Guillotin reduzidas a cinzas, começou a dispersão.

De volta à casa de Léo, conversamos sobre nossas impressões da festa. Léo estava fascinado pelo canto, a seus olhos um resumo do socialismo: igualitarismo, luta de classes e internacionalismo ("o gênero humano"). Sem esquecer os canhões, arma indispensável do proletariado tanto em 1871 quanto em 1793. Mohr também estava comovido: para ele, essa revolução era formidável. Evidentemente, sua referência era a Comuna

---

[7] No original: *Monsieur Thiers avait promis,/ Monsieur Thiers avait promis/ de faire égorger toute Paris,/ de faire égorger tout Paris./ Mais son coup a manqué, grâce à nos canonniers./ Dansons la Carmagnole, vive le son, vive le son,/ Dansons la Carmagnole, vive le son du canon !/ Que réclame un républicain,/ que réclame un républicain,/ L'égalité du genre humain,/ l'égalité du genre humain./ Plus de riche debout ! Plus de pauvre à genoux !/ Dansons la Carmagnole, vive le son, vive le son,/ Dansons la Carmagnole, vive le son du canon !/ Ah ça ira, ça ira, ça ira, Monsieur Thiers à la lanterne./ Ah ça ira, ça ira, ça ira, Monsieur Thiers on le pendra.* (N. T.)

[8] Canção revolucionária cujas origens remontam a 1792-1793. Tornando-se parte da identidade dos *sans-culottes,* a canção foi sendo atualizada ao longo do tempo, de acordo com a mudança dos inimigos políticos. (N. T.)

de 1793-1794, a gloriosa tradição dos *sans-culottes* e dos jacobinos. Mas a nova revolução se recusa a imitar o passado. Ela inventa o novo: uma revolução sem terror, sem guilhotina. Ela não esquece que essa máquina sacrificou não apenas o senhor e a senhora Capeto, mas também inúmeros revolucionários: Hébert e Chaumette, os líderes da Comuna, o abade Roux, um precursor do comunismo, e, finalmente, até Robespierre e Saint-Just.

Não pude deixar de acrescentar: "Sim, e Olympe de Gouges, pioneira dos direitos das mulheres!".

– Sim, Jennychen, ela também. Mas a Comuna rompeu com esse passado. No sublime entusiasmo de sua iniciativa histórica, a revolução operária de Paris transformou em questão de honra a exigência de que os proletários não incorressem nos crimes que abundam nas revoluções e, mais ainda, nas contrarrevoluções das classes dominantes.

Após o jantar, começamos a pensar nos próximos passos da nossa visita. Mohr queria, acima de tudo, encontrar seus amigos internacionalistas: Eugène Varlin, seu grande aliado nos Congressos da Internacional, e Élisabeth Dmitrieff, sua jovem emissária em Paris.

Léo aprovava a escolha. Varlin era seu camarada mais próximo no Conselho, e ele admirava Dmitrieff, tão corajosa e tão enérgica[9].

Pai queria saber se haveria mais alguém para visitar.

Foi quando intervim:

– Pai, você se esqueceu do meu querido amigo Charles Longuet. E, além disso, é preciso que você conheça Louise Michel. Pelo que me disseram, é uma personagem extraordinária, uma revolucionária que não tem medo de nada. Acho que você gostará dela.

– *All right*, Jenny, encontraremos também seu Charles Longuet e sua Louise Michel.

---

[9] Nesse momento, Léo Frankel ainda não podia prever que seria Élisabeth Dmitrieff quem o salvaria da morte durante a Semana Sangrenta. Em 25 de maio, Léo e Élisabeth estiveram entre os últimos soldados em defesa da barricada do faubourg Saint-Antoine. Frankel foi ferido, mas Élisabeth conseguiu ajudá-lo a escapar dos versalheses. (N. E. F.)

Charles Longuet e Jenny.

3
Charles Longuet,
o Dom Quixote vermelho

Ao fim de nossa primeira semana em Paris, eu começava a ficar impaciente: queria rever Charles Longuet e propus a papai que programássemos rapidamente essa visita.

Como sempre, Pai não iria me negar nada:

– Nós o veremos em breve, Jennychen, vou pedir a Léo para marcar um encontro com ele. Gosto bastante de Longuet: é um pouco falastrão, mas um homem destemido, além de grande orador. Eu o ouvi nas Conferências da AIT: seus discursos eram cheios de entusiasmo e originalidade, plenos de fogo e de vida; sua voz retumbante sacudia as janelas. Com sua grande estatura, sempre ereto, seco, com aqueles braços enormes e aquelas pernas sem fim, lembra-me o nobre Senhor de La Mancha. É uma espécie de Dom Quixote vermelho! Pena que permaneceu um proudhoniano...

– E eu, Pai, admiro sua fronte alta, emoldurada por seus fartos cabelos pretos, além de seu grande sorriso. É um tipo corajoso, pronto a lutar por suas ideias, a dar a vida pela causa da justiça. Como você, ele detesta os mornos, os "neutros", os covardes, os que não se posicionam no campo de batalha das classes sociais. Quantas vezes não chegou a ser preso por sua atividade rebelde, sempre disposto a se insurgir contra Napoleão III?

– É verdade, Longuet tem muitas qualidades. Mas já faz seis anos, Jennychen, desde 1865, que ele a corteja... Quando vocês vão tomar uma decisão?

– Paciência, Pai! No momento, ele tem outros gatos a cutucar...[1]

– Tem razão, Jennychen. Muitos gatos, de todas as cores. Vocês dois devem ter muitas coisas a conversar. E, enquanto isso, aproveito para consultar o *Diário Oficial* da Comuna, pelo qual ele é um dos responsáveis, conforme Léo me contou. Ali são publicados os decretos da Comuna, relatórios sobre os debates no Conselho comunal, além de breves informações sobre a vida em Paris. Vou tomar notas e esse material me ajudará a escrever o relatório sobre a Comuna para a AIT.

Dois dias depois, Jean-François nos levou de charrete ao encontro com Longuet. O tempo estava bom, os castanheiros se mostravam floridos e o ar fresco da primavera parisiense nos redobrava as forças. No caminho, nosso jovem amigo nos contou as últimas notícias: na véspera, ele havia participado de uma reunião no Clube de Notre--Dame-des-Champs, que acontecia regularmente na igreja do mesmo nome: os 6 mil participantes tinham aprovado, por unanimidade, a devolução aos inquilinos dos aluguéis de menos de quinhentos francos! Sua demanda havia sido transmitida à Comuna.

Alguns minutos depois, estávamos no número 39 do quai Voltaire, na redação do *Diário Oficial*, um belo prédio de estilo clássico às margens do Sena. À diferença da Prefeitura [*Hôtel de Ville*], não havia controles na entrada: entrava-se e saía-se como num moinho. No térreo, ficava a gráfica: tipógrafos estavam ocupados em torno das caixas de tipos, enquanto trabalhadores limpavam a prensa; pilhas de jornais se acumulavam no chão, tornando a passagem uma operação delicada. Subimos as escadas, um pouco íngremes, mas felizmente sem os entulhos de jornal. No primeiro andar, os poucos jornalistas que rabiscavam os artigos para a edição do dia seguinte não prestaram atenção à nossa presença.

Finalmente, no segundo andar, nosso querido Charles nos esperava. Seu escritório era austero, sem decoração desnecessária; na parede, uma

---

[1] No original, "*il a d'autres chats à fouetter...*", expressão que poderia ser traduzida como "ter preocupações mais importantes" ou simplesmente "ter outras coisas a fazer". A escolha por manter, em tradução aproximada, a expressão original se deve à referência subsequente aos "muitos gatos, de todas as cores". (N. T.)

mancha retangular marcava o lugar vazio onde, sem dúvida, havia estado um retrato de Napoleão III. Sua mesa de trabalho, um lindo móvel em ébano estilo Primeiro Império, estava cheia de papéis espalhados, recortes de jornais e notas manuscritas. Em pé, no meio da sala, ele me parecia ainda mais alto e mais magro que em nosso último encontro em Londres. Seus olhos escuros eram vivos e penetrantes, mas também tímidos e gentis... Eu estava muito contente em revê-lo e meus sentimentos eram difíceis de esconder. Com um aceno de seu braço longo e emaciado, ele nos convidou a sentar em duas cadeiras bastante confortáveis, próximas à sua mesa, atrás da qual ele próprio se acomodara.

Como nossos outros interlocutores, Charles ficou surpreso com o eficiente disfarce de Mohr; mas seu olhar logo veio em minha direção, com visível intensidade.

– Bem-vindos, querido Marx e querida Jenny! Estou muito feliz com a visita de vocês!

– E nós, respondeu Mohr, estamos infinitamente felizes por ter vindo a Paris, a capital insurgente da Europa, a primeira grande cidade proletária da história moderna. Vocês são os herdeiros de 2 mil anos de lutas de classes, desde a revolta de escravos de Espártaco até hoje.

– Espero que tenhamos melhor sorte que nossos ancestrais massacrados pelas legiões romanas. Saberemos nos defender.

– Compartilho sua esperança, nem é preciso dizer. Mas você não acha, você que era Comandante do 248º Batalhão da Guarda Nacional, que a melhor defesa é o ataque? O que pensa da possibilidade de uma ofensiva contra Versalhes?

Charles refletiu por alguns instantes. Obviamente a resposta não era fácil. Mas ele finalmente deu sua opinião, que era negativa:

– Falando francamente, não acho que isso seja possível... Poderíamos talvez ter fechado as entradas de Paris no dia 18 de março, impedindo assim o governo de partir para Versalhes. Mas um ataque fora de Paris estaria fadado ao fracasso: nossa Guarda Nacional é uma milícia popular, não está preparada para travar batalhas militares tradicionais contra um exército profissional. Mas pode, e nisso acredito firmemente, resistir em Paris contra qualquer ataque.

44   O *Caderno azul* de Jenny Marx – A visita de Marx à Comuna de Paris

Pai não parecia convencido, mas, sem saber o verdadeiro estado das forças em confronto, se absteve de fazer comentários. Retomou a palavra para abordar outro assunto, tão delicado quanto o outro: a composição política da Comuna. Queria saber a opinião de Charles sobre o assunto: seria verdade, como pensava Engels, que a maioria era composta de blanquistas e uma minoria de proudhonianos, tal como ele próprio, Longuet?

Com orgulho, Charles respondeu que admirava tanto Blanqui quanto Proudhon... Em sua opinião, Friedrich Engels estava enganado: os blanquistas não passavam de uma pequena minoria. O Conselho Comunal era uma bela mistura, muito heterogênea; encontrava-se de tudo ali: jacobinos, é claro, alguns blanquistas, todos os tipos de coletivistas e socialistas, revolucionários sem uma doutrina econômica precisa; já na minoria saída das fileiras da AIT se esbarravam mutualistas, comunistas libertários, proudhonianos revolucionários e até mesmo alguns partidários das ideias de Mohr, como Léo Frankel. "Mas também encontramos entre nossos camaradas da AIT", acrescentou ele com uma explosão de risos, "algumas figuras bizarras..."

Surpreso, Pai quis saber que figuras bizarras eram essas. Com uma boa dose de ironia, Charles descreveu um certo Régère de Montmore: revolucionário intransigente, internacionalista, mas... católico praticante que colocou o filho para fazer a primeira comunhão na igreja de Saint-Sévérin! E, ainda assim, ele foi favorável a que tomássemos como refém o bispo de Paris, monsenhor Darbois, e alguns outros padres: "São inimigos políticos, não são?".

A história divertiu Mohr, que não estava tão familiarizado com essas excentricidades políticas tipicamente parisienses.

Longuet acrescentou, sorrindo, que descrevia essa personagem apenas para nos mostrar a pluralidade, a extraordinária diversidade da Comuna. Reconheceu que às vezes, dessa pluralidade, poderia resultar certa cacofonia, mas para as grandes questões o Conselho Comunal conseguia encontrar uma linguagem comum. Por exemplo: todos estavam de acordo, mutualistas, coletivistas ou jacobinos, com a expropriação das oficinas abandonadas por seus patrões em favor das sociedades operárias.

Toda vez que Pai escutava falar dessa iniciativa, não deixava de prestar sua homenagem à clarividência da Comuna. Explicou a Longuet que considerava essa decisão corajosa e necessária, prenúncio da sociedade comunista do futuro.

No entanto, não pôde deixar de fazer a Charles uma pergunta um pouco indiscreta:

– Apesar de sua amizade e de sua admiração por Blanqui, com quem realizou muitas ações, e, ainda, de seu interesse pelos meus escritos, você não continua, no fim das contas, um proudhoniano?

Um pouco encabulado por esse questionamento direto, Charles se justificou, sem, porém, esconder suas ideias:

– Sabe, caro amigo, nós não mudamos de doutrina como trocamos de roupa... Concordo totalmente com sua crítica aos escritos de Proudhon anteriores a 1851: o que você sustenta, em *Miséria da filosofia* (1847), sobre os primeiros escritos econômicos de Proudhon, ainda imbuídos de espírito pequeno-burguês, me parece correto. Por outro lado, o Proudhon dos escritos posteriores a 1853 e, especialmente, o da *Capacidade política das classes trabalhadoras* (1865), é um verdadeiro socialista antiautoritário, adepto da associação de produtores, como você!

É claro que essa opinião só poderia ser recebida com grande ceticismo por Mohr. Ele não queria polemizar com o amigo, mas não pôde deixar de observar que havia pouca semelhança entre o mutualismo proudhoniano e seu programa comunista. Para ele, porém, o essencial estava em outro lugar: na capacidade da Comuna, de seus líderes, bem como dos trabalhadores, da Guarda Nacional e dos artistas, de atuarem juntos e, assim, impulsionarem essa admirável revolução proletária rumo à emancipação do trabalho.

Alegre com essa conclusão positiva, Charles se calou: não tinha nada a acrescentar.

Aproveitando o minuto de silêncio, Pai, que não tinha esquecido o motivo de sua visita, pediu permissão a Charles para consultar o acervo do *Diário Oficial* da Comuna, a fim de fazer anotações para o relatório que entregaria à AIT.

Charles estava feliz. Explicou a Mohr que o modesto *Diário*, do qual era diretor, funcionava como um espelho fiel das decisões e dos debates da Comuna. Convidou então o amigo a segui-lo até a sala onde estavam os arquivos da publicação.

Nós o seguimos por um corredor cheio de pilhas de jornais e chegamos a uma grande sala cujas paredes estavam preenchidas por prateleiras empoeiradas. Charles nos explicou que a maior parte era dedicada ao *Diário Oficial* do Império: apenas uma pequena estante estava reservada ao da Comuna. Mohr se instalou em uma mesa onde havia um tinteiro e algumas penas e foi procurar pelos jornais na prateleira. Nós o deixamos trabalhar e voltamos ao escritório do redator.

Era a minha vez de conversar com Charles, num registro mais pessoal.

– Caro Charles, estou tão feliz em vê-lo novamente, em perceber que você ainda é o mesmo, tão altivo, tão dedicado à nossa causa e, ao mesmo tempo, tão cheio de doçura...

-- Minha pequena Jenny, você não pode imaginar como senti sua falta esses anos, desde nosso último encontro em Londres, em 1868. Ver você aqui novamente me encheu de uma felicidade inenarrável.

Para desanuviar o clima, eu disse a ele, com um sorriso pretensioso:

– Espero que não tenha se apaixonado por Élisabeth Dmitrieff, como Léo e Varlin...

– Eu admiro muito nossa querida Élise, mas você, Jenny, você é a única que importa para mim!

– Em Londres, você me pediu em casamento...

– Sim, mil vezes sim. Mas, como você sabe, tive de vir à França para participar da luta dos republicanos e da AIT contra o nefasto e miserável Império bonapartista. E agora, como vê, não posso abandonar a trincheira revolucionária ameaçada de todos os lados. Mas eu lhe prometo solenemente que, se sair vivo desta aventura extraordinária que é a Comuna, irei a Londres para me casar com você. Como sabe, porém, nossa divisa é: "Comuna ou morte!". Se não vencermos os versalheses, muitos de nós pereceremos nas barricadas, defendendo nossa revolução até o último suspiro.

– Conheço sua coragem e determinação, e não tenho nem a possibilidade nem a intenção de dissuadi-lo de lutar pela Comuna. Mas sua vida é preciosa, você deve protegê-la, ela é necessária para o futuro da Internacional... e para o nosso futuro juntos.

Conversamos por um bom tempo, mas parei de anotar...

Por fim, Mohr voltou da sala de arquivos. Estava entusiasmado e segurava nas mãos o *Diário Oficial* de 20 de março, no qual encontrou uma das primeiras proclamações revolucionárias, que leu para nós em voz alta:

> Os proletários da capital, em meio aos fracassos e traições das classes dominantes, entenderam que chegou a hora de tomar em suas próprias mãos a direção dos assuntos públicos.

Sem largar o jornal, que brandia enquanto falava, Pai assumiu o tom solene que adotava quando fazia certas declarações. Para ele, aquela proclamação era um exemplo marcante da grandeza da Comuna: pela primeira vez na história, um governo da classe operária. Pela primeira vez também, após o primeiro levante, o povo não se desarmou e entregou o poder aos saltimbancos republicanos das classes dominantes; com a formação da Comuna, ele tomou para si a direção efetiva da revolução.

Alguma coisa naquele comentário pareceu incomodar Charles: quer dizer então, perguntou ele, que a Comuna substituiu o domínio da classe burguesa pelo despotismo da classe trabalhadora?

– Não, caro Longuet. A Comuna de Paris é uma república social e democrática cujos dirigentes não são mais senhores arrogantes e despóticos do povo, mas sim servidores com mandatos sempre revogáveis. E ela defende os interesses de todas as classes populares, não apenas dos operários, mas também os das classes médias, da pequena-burguesia e do campesinato. Basta ler, no *Diário Oficial*, quais foram as principais medidas tomadas até agora: várias delas favorecem as classes médias, protegendo os devedores contra os credores por meio da suspensão dos processos judiciais.

Nosso Dom Quixote vermelho ouviu com atenção. Não discordou de Mohr, mas lembrou ao interlocutor que a Comuna também tomou medidas repressivas: por exemplo, o sequestro de reféns. Ele confessou que tinha problemas com essa decisão...

Pai entendia seus escrúpulos, mas tentou convencer o amigo do mérito das decisões da Comuna. Diálogo paradoxal, no qual o visitante de Londres tinha menos dúvidas que o líder *communard*!

– De fato, em face das provocações atrozes dos bonapartistas criminosos e das execuções sumárias de prisioneiros por Thiers, a Comuna fez alguns reféns e os ameaçou com represálias, mas essas ameaças permaneceram letra morta! Lembre-se de que até mesmo os policiais aprisionados, com os quais foram apreendidas bombas explosivas, não foram levados às cortes marciais. A Comuna se recusou a sujar as mãos com o sangue desses cães! Infelizmente, o assassinato dos guardas nacionais que estavam presos recomeçou com uma raiva renovada assim que o governo de Versalhes se convenceu de que a Comuna era demasiadamente humana para executar seu decreto de 6 de abril.

O argumento pareceu convencer Charles:

– Você está certo. Demos um exemplo de humanidade, em contraste com os crimes sangrentos dos versalheses.

– Não se pode esquecer que vocês estão em guerra. É uma verdadeira guerra civil, uma guerra do trabalho contra aqueles que monopolizam os meios de produção, contra o capital.

Evidentemente, Charles estava de acordo. Mas, sobre os reféns, lamentou que a Comuna não tivesse sequestrado o único refém que valia a pena, o refém que valia por 10 mil, o Banco da França...

Pai obviamente compartilhava esse ponto de vista, mas pediu a Longuet que explicasse as razões dessa timidez.

Charles então lhe explicou que Beslay, nomeado pela Comuna delegado no Banco da França, estava convencido de que a apreensão, *manu militari*, da instituição central de crédito levaria à responsabilização da Comuna pela desvalorização geral do dinheiro do banco, que se tornaria uma espécie de *assignat*[2] sem valor. Por não ser economista,

---

[2] Título de empréstimo e, depois, moeda sob a Revolução Francesa. Com a multiplicação dos bilhetes, a partir de 1791, a moeda foi sendo significativamente desvalorizada em virtude da forte inflação. (N. T.)

Longuet não se sentia em condições de julgar e logo deixara a Comissão de Finanças...

Nesse momento, nossa conversa foi interrompida por um mensageiro que trazia um documento para Longuet. Tratava-se de um novo decreto da Comuna, a ser publicado no *Diário Oficial*. Charles o leu para nós, com uma voz que não escondia sua emoção:

> Decreto de demolição da coluna da place Vendôme, monumento de barbárie, símbolo da força brutal e da falsa glória, afirmação do militarismo, negação do direito internacional.

Charles sempre odiou o nacionalismo, a tal ponto que Pai certa vez o criticou por sua atitude proudhoniana de negação do fato nacional. Agora ele não podia esconder sua alegria:

– Formidável! Já há vários dias que nosso amigo, o artista Gustave Courbet, vinha lutando por essa decisão. Fico muito feliz em ver que ela foi adotada. Nós a publicaremos amanhã no *Diário Oficial*, esperando que seja executada. É o nacionalismo nefasto, vestígio da selvageria ancestral, última forma de antropofagia primitiva que será demolido com esta coluna![3]

Sua alegria foi compartilhada sem restrições por Mohr, que viu naquela resolução um símbolo magnífico: a Comuna rompendo com a herança histórica e política do bonapartismo. A coluna, espantalho feito com o bronze dos canhões confiscados dos exércitos "inimigos", personificava tudo que ele odiava: o espírito guerreiro, o desprezo pelas outras nações, o desejo de conquista, a arrogância da casta agaloada. Ele considerava a decisão da Comuna um formidável ato de internacionalismo revolucionário.

Foi a oportunidade para Charles demonstrar sua alta estima por meu pai, a despeito de algumas diferenças doutrinárias que os separavam:

– Um internacionalismo do qual você, grande inspirador das resoluções da AIT, é um dos representantes mais eminentes no mundo... Sei

---

[3] Como se sabe, a demolição da coluna Vêndome ocorreria em maio; Jenny e seu pai já tinham voltado a Londres. (N. E. F.)

que é um defensor intransigente do materialismo, um materialismo histórico que lhe permite analisar os crimes das classes proprietárias. Mas, no fundo, é um idealista generoso, cuja casa em Londres está sempre aberta, num espírito de solidariedade internacional, aos proscritos de todos os países e de todas as causas populares. Você os recebe sem condições ou reservas doutrinárias, prodigalizando-lhes uma hospitalidade cordial. Em suas mãos delicadas, assim como nas de suas filhas, floresce sem cessar a imagem idealizada do romântico Cavaleiro da Mancha.

Pai ficou tocado com essa homenagem afetuosa: ele tinha grande admiração por Dom Quixote. Mas lembrou ao amigo que a Comuna não lutava contra moinhos de vento... Os gigantes do mal que combatia existiam realmente, mesmo que sob a forma de um anão hediondo, o infame Thiers. E para derrotá-los, insistiu, com uma ponta de ironia, não bastava montar um Rocinante, de lança em punho: eram necessários fuzis, metralhadoras e canhões!

Longuet imediatamente assegurou a Mohr que a Comuna não deixaria de usar seus canhões para enfrentar os odiosos gigantes de Versalhes, armados até os dentes, chamados Thiers, Trochu, Vinoy ou Galliffet.

Ao ouvir essa referência aos sinistros politiqueiros e generais de Versalhes, Pai ficou em silêncio. Começou a andar pelo escritório, indo da janela até a porta e voltando. Percebia-se que estava preocupado. Explicou a Charles que temia um acordo secreto entre Thiers e Bismarck: em todos os seus discursos, o primeiro – que ele chamava de "o anão de Versalhes" – rasteja na poeira diante do prussiano. Nada os separa e eles têm na Paris insurgente um inimigo comum. Bismarck, cujas tropas ocupam os campos ao norte de Paris, não vai atacar a Comuna; mas poderá perfeitamente deixar os versalheses passar para invadir Paris pelos subúrbios do norte. Pai era da opinião de que a Guarda Nacional deveria fortificar a encosta norte das colinas Montmartre, o lado prussiano.

Charles lhe prometeu que iria repassar essa judiciosa observação a seus amigos da Guarda Nacional. A dificuldade, porém, acrescentou ele, se devia ao fato de que a Comuna precisava reforçar as defesas de Paris nos quatro pontos cardeais, já que não se sabia de onde poderia vir o ataque.

Mohr respondeu-lhe que o inimigo sempre ataca onde menos esperamos... Mas já estava ficando tarde, era hora de partir:

– Obrigado por nos ter recebido, querido Longuet. Não queremos retê-lo por mais tempo, você precisa preparar o *Diário Oficial* de amanhã.

Despedimo-nos de Charles, mas, enquanto Mohr saía, fiquei mais alguns minutos em seus braços. Rezei para Cloto, Láquesis e Átropos, as deusas gregas do Destino – Moira –, para que ele permanecesse vivo, não importava o que acontecesse.

Élisabeth Dmitrieff.

4
Élisabeth Dmitrieff
e a União das Mulheres
Café des Nations, rue du Temple, 79

Comparecemos pontualmente à reunião que Léo tinha organizado expressamente para nós. Eram 7 da manhã, a luz do dia mal raiava. Confusa com a pouca luminosidade, precisei verificar por duas vezes o endereço anotado em um pedaço de papel. Nenhum engano, estávamos no número 79 da rue du Temple, em frente à fachada barroca do Café des Nations. Mohr podia negar seu cansaço, mas seu caminhar lento falava por si. Passara a noite tossindo; estava exausto. Discretamente, tomei a frente para segurar a porta e, antes de colocar a mão na maçaneta, os batentes rangeram alto, alertando para nossa intrusão. Assim que entramos, hesitamos por um momento antes de empurrar as grossas cortinas roxas que bloqueavam o acesso a um círculo que supostamente funcionava como um vestíbulo. Por trás dessas cortinas improvisadas, Élisabeth nos esperava.

Lisa era uma jovem russa por quem nossa família se apaixonara, em Londres, e para a qual Pai havia conferido, algumas semanas antes, a missão de acompanhar a evolução dos acontecimentos em Paris. Uma função de observadora para a AIT que não durou muito, já que, desde sua chegada, no dia seguinte à proclamação da Comuna, nossa *Russian Lady* carente de ação preferiu, ao que parece, se deixar apanhar pelo turbilhão embriagador da revolução. Léo nos dissera que nossa "correspondente especial", tão logo desembarcou, havia sido imediatamente confrontada com tarefas muito mais estimulantes que escrever relatórios minuciosos para a Internacional. Tanto mais que o acolhimento à sua chegada, por parte do escritório da seção de Paris, não fora dos mais calorosos. O programa político de Pai irritou não poucos militantes e seus escritos nunca deixaram de suscitar polêmica nas instalações da place de la Corderie. O mesmo não se podia dizer do machismo habitual, que parecia não provocar a mesma discórdia. A esse respeito, as concepções misóginas de Proudhon tinham duradouramente poluído os espíritos. Eu podia imaginar a desconfiança da qual Lisa fora objeto. Ela era mulher, jovem, bonita, inteligente, carismática, próxima de Marx e, como se não bastasse, aristocrata e russa. Aos olhos deles, acumulava pontos negativos.

Mas Lisa não se deixou abater e decidiu seguir outro caminho, misturando ativamente seu destino ao da insurreição. Tão logo deixou a bagagem em seu modesto apartamento, no boulevard de Saint-Ouen, ela já estava empregando toda a sua energia para contribuir, na medida de suas possibilidades, para o sucesso da Comuna. Não demorou para que Lisa ganhasse a reputação de partidária obstinada da revolução social. Suas entonações russas intrigavam tanto quanto sua facilidade em cativar a atenção da multidão. Ela tinha uma desenvoltura para falar bem e sem rodeios, qualidade peculiar à sua geração; juventude rebelde, romântica e apressada, nascida da luta política contra o imperador Alexandre II na década de 1860. Uma eloquência que ela pôde refinar, mais tarde, durante o exílio em Genebra, em meio à diáspora de refugiados políticos de todo o mundo.

Pai adorava dizer que os insurgentes franceses tinham tomado "o céu de assalto". Quanto a Lisa, brilhou como uma estrela cadente surgida do nada. Seu nome circulava nos lábios da capital; os boatos, envoltos em mistério e lendas urbanas, chegaram até mesmo aos ouvidos do sinistro Adolphe Thiers. Este não sabia, porém, que aquele patronímico era na realidade apenas um pseudônimo de guerra, afrancesado, inventado por Lisa pouco antes de, saindo de Londres, cruzar o canal da Mancha com uma identidade falsa. Não era Lisa Tomanovskaia que íamos encontrar naquele bistrô parisiense, mas sim a senhorita Élisabeth Dmitrieff, recentemente promovida à presidência da União das Mulheres para a Defesa de Paris e para os cuidados dos feridos.

Léo nos explicou que, desde o início, o movimento tinha sido objeto de muitos debates. Em menos de uma semana de existência, já era impossível contar as façanhas por ele realizadas. Seu manifesto de fundação, escrito por Lisa em 11 de abril, foi como um fósforo aceso jogado em um barril de pólvora. Ele literalmente incendiara os corações das mulheres de Paris: "Cidadãs, o desafio está lançado. É preciso viver ou morrer. E se não tivermos fuzis ou baionetas, teremos paralelepípedos para esmagar os traidores". Esse tipo de convocação não podia passar despercebido nem pelos *communards* nem pelos versalheses, diariamente informados da menor atividade subversiva graças a um exército de delatores que espiavam as ações da população. Todos aqui os temiam.

Léo preferiu um encontro ao amanhecer para escapar de ouvidos e olhos indiscretos. A julgar pela localização quase desértica do cabaré, seu desejo fora realizado. A grande sala principal estava repleta de mesas vazias, espalhadas pelos quatro cantos. Nossas sombras, iluminadas por lamparinas de querosene penduradas aqui e ali, cobriam as paredes e ficavam maiores à medida que passávamos entre as cadeiras abandonadas. Uma calma matinal tomava conta do lugar, sinal de merecido descanso. Apenas o tilintar de alguns copos, vindo dos fundos, rompia o silêncio em intervalos regulares. No solo, os azulejos amarelo-claros, adornados de preto e encardidos por um rastro de traças, davam a impressão de que tinham sido pisoteados por toda uma guarnição. Um cheiro nada agradável de restos de comida atestava, à sua maneira, a animação da véspera.

Depois de cruzar um pátio, chegamos por fim ao bar, um grande balcão de zinco que estava sendo meticulosamente polido por uma mulher imponente. Sem dizer palavra, ela ergueu o queixo na direção da portaria para indicar que estávamos sendo aguardados. Pai tentou cumprimentá-la tirando o chapéu, mas tudo que conseguiu foi um olhar indiferente. Eu, ao contrário, fui agraciada com um largo sorriso, fraterno e desdentado. Sem dúvida, tínhamos acabado de entrar no antro dos subúrbios parisienses, onde quem governava eram as mulheres do povo. Eu ria por dentro à ideia de que Mohr provavelmente nunca tinha visto por esse ângulo o "proletariado em carne e osso" que tantas vezes elogiou em seus artigos. No bar, as mulheres, "proletários dos proletários", não eram uma abstração filosófica. Sem nada dizer, seguimos as instruções da encarregada, passando por cima de uma velha vassoura deixada sobre um assoalho desgastado.

Ocupada com a leitura de documentos, Lisa estava sentada a uma mesa. Levantou-se e nos deu um abraço caloroso. O silêncio de nosso reencontro disse muito sobre a emoção que tomou conta de todos nós. Embora a lembrança daquela figura tivesse permanecido intacta em minha memória, ela continuava a me desestabilizar com seu carisma. Era tão jovem – apenas vinte anos – e, ao mesmo tempo, tão madura! O queixo redondo e a testa esguia, ainda poupados pelo tempo, evocavam a adolescência, ao passo que o olhar azul-acinzentado que ensombrecia seu rosto revelava a idade endurecida pelos percalços da vida. Eu a achei extraordinariamente pálida, mas também radiante. O imenso cansaço acumulado que se podia perceber em seus traços não havia afetado seu encanto. O cabelo castanho estava, como sempre, cuidadosamente bagunçado em torno de um coque. Seus gestos eram sempre graciosos e delicados.

Toda de preto, ela usava com elegância um longo vestido de veludo, preso com um lenço escarlate na cintura. Parecia uma princesa russa trajada como os *sans-culottes*. Lisa também nos observava, disfarçando um leve sorriso ao avistar a roupa de Pai. Ela pegou uma das cadeiras e nos convidou a sentar.

– *Dobroe utro*[1]. Meus queridos amigos, senti tanto a falta de vocês! Há apenas um mês, estávamos planejando esta viagem juntos em seu escritório, Karl, em Modena Villas, e ainda assim parece que anos se passaram desde Londres. Tudo avança muito rápido aqui, sem que saibamos para onde nos viramos. Os dias são curtos para cumprir a avalanche de tarefas que a Comuna nos exige. Cada instante traz sua cota de acontecimentos e as consciências evoluem hora a hora, retirando os explorados do torpor no qual o Império os havia mergulhado por décadas. Mas aqui estou eu, já iniciando um discurso sem antes ouvi-los sobre as novidades. Jenny, quero elogiar seu senso de persuasão.

---

[1] Em russo, equivalente a bom dia. (N. E.)

Só você para conseguir convencer seu pai a cruzar o canal da Mancha! E você, Karl, sua saúde? Está irreconhecível. Um verdadeiro parisiense...

– Minha querida Lisa, obrigado por reservar um pouco do seu precioso tempo para conversar conosco. Gostaria de poder fazer mil e uma perguntas, mas seus compromissos nos obrigam a ir direto ao ponto. Sem esquecer de perguntar primeiro sobre você. Você deve estar exausta... A atmosfera esfumaçada dos clubes onde vocês se reúnem o tempo todo não deve ser boa para sua bronquite. Você precisa se proteger, mesmo que do ponto de vista político o ar de Paris pareça ajudar. O povo orgulhoso da Comuna a adotou então em definitivo.

– Você não poderia dizer melhor, Karl. Ontem à noite, entre estas paredes, a assembleia geral da União das Mulheres me honrou com o título de "cidadã parisiense", exigindo que a República Universal me naturalizasse e me elevasse à condição de "cidadã da humanidade". A Comuna atrai milhares de estrangeiros internacionalistas: prussianos, italianos, belgas. E russos, claro, como eu, o escritor Piotr Lavrov, um velho conhecido, ou as irmãs Korvine-Kroukovski, ambas próximas de Dostoiévski, as quais conheci em São Petersburgo. Os poloneses também estão no centro das atenções, Dombrowski e Wroblewski são os generais de nossa defesa militar. Quanto à nomeação do nosso amigo Léo, um húngaro, para o cargo de delegado do trabalho, ela ainda não foi engolida pelos versalheses, que a veem como uma prova irrefutável da onipotência da Internacional. Karl, se soubesse de sua chegada, Thiers ficaria *zloy ot yarosti*[2] e cobriria Paris com seu cartaz de procurado. Veja nisso apenas uma recomendação amigável, não uma censura, você realmente precisa ter cuidado. Tanto mais que a tomada do Fort-de-Vanves pelos "calças vermelhas" de Versalhes não é um bom presságio. Neste exato momento, eles estão destruindo nossas muralhas, ao passo que cabia a nós termos avançado primeiro, marchando sobre Versalhes. Nesta guerra civil, teremos que lutar até a morte e cruzar os dedos para que o confronto fatal que se avizinha não sufoque os muitos projetos que a Comuna pretende realizar.

---

[2] Em russo, algo como "zangado, com raiva". (N. E.)

58   O *Caderno azul* de Jenny Marx – A visita de Marx à Comuna de Paris

— Lisa, eu não sabia que você era tão belicosa, mas entendo a urgência da situação. A guerra civil é o grande projeto de Thiers, esse anão monstruoso que conseguiu manter a burguesia francesa sob seu feitiço por quase meio século, adaptando-se às circunstâncias e aliando-se a todos os regimes em vigor. Ele quer um massacre para dar exemplo. Pois a Comuna é uma experiência única na história da luta de classes, experiência cuja própria existência representa uma ameaça para a burguesia. Admito que a subestimei no início. Talvez eu estivesse obcecado com a situação alemã, na qual as condições materiais me pareciam mais propícias. Isso apenas mostra que a cadeia de dominação pode se romper a qualquer momento e onde menos esperamos. Sob o reinado de Luís Bonaparte, durante o Segundo Império, a classe dominante havia encontrado a última forma de poder do Estado capaz de se opor à ameaça popular: a de um regime inteiramente concebido para ser uma máquina de guerra nacional do capital contra o trabalho. A Comuna é a antítese direta do Império. Uma inversão da história, na qual o trabalho predomina sobre o capital. Léo nos contou sobre a intenção de vocês de fundarem oficinas federadas de produção, em particular no setor têxtil. Um plano elaborado pela União das Mulheres, que seu ministério poderia validar...

— Saiba que a União das Mulheres deve muito a Nathalie Le Mel, também membro da Internacional. Ela é próxima de Varlin, que conheci em Genebra no ano passado. Nós nos entendemos de imediato. Eu a considero um pouco minha irmã mais velha. Seu caráter rebelde bretão e seu pragmatismo inabalável fazem dela um dos pilares da União, nos vinculando com firmeza à efervescência da vida política parisiense. Uma ebulição permanentemente irrigada por um número incalculável de clubes revolucionários e comitês de bairro. A Comuna extrai sua seiva das raízes, antes que ela suba penosamente até a prefeitura. Na verdade, a revolta do povo parisiense vem sendo gestada há vários meses. A Comuna viu a luz do dia em 18 de março, mas já fumegava nos flancos do velho mundo muito antes do cerco, desde o fim do Segundo Império, quando casas comunalistas, que ainda não sabiam umas das outras, involuntariamente minaram as fundações da velha ordem. As eleições municipais de 27 de março foram apenas o resultado dessa lenta fertilização democrática que aguardava a sua hora. Durante esse ciclo de gestação política é que Nathalie foi levada a militar e a aprender a se impor nas tribunas ardentes e exclusivamente masculinas. Oradora reconhecida, ela é também uma excelente organizadora. As infindáveis discussões sobre o mundo do futuro não a distraíram de seus objetivos imediatos. Com Varlin e em tempo recorde, ela conseguiu montar uma cooperativa de alimentos e também uma gigantesca cantina de trabalhadores, chamadas "Dona de Casa" e "A Marmita", para que os mais pobres não morressem de fome durante o inverno. Mais de 8 mil pessoas se beneficiaram dessa ajuda mútua. Quando lançamos o apelo à constituição da União das Mulheres, não surgimos do nada. Nossa legitimidade com os proletários estava consolidada. A expectativa política era ainda mais forte. Daí o alto comparecimento em nossas reuniões.

Ao ouvi-la falar, percebi quanto Lisa havia mudado em tão pouco tempo. Ela transmitia um agudo senso de confiança, até mesmo de autoridade. No entanto, não era difícil detectar nela uma fragilidade contida e discreta. Seu entusiasmo frenético e comunicativo mascarava expressões sérias, quase cansadas. Mais forte que nunca, o fogo sagrado da revolução queimava dentro dela, mas uma corda sensível, escondida em algum canto de sua alma, parecia prestes a se romper a qualquer instante. Ela não era mais dona de si mesma. Era como se a causa a tivesse tirado de si. Senti Mohr preocupado e até ansioso por ela. Decidi renovar o fio da conversa para afastá-lo de seus pensamentos.

– Diga-me, Lisa, quais foram os objetivos fixados pela União das Mulheres? Vocês cuidam dos feridos?

– Não só, longe disso. Recusamos a condição de assistentes da revolução. Claro, temos muitas trabalhadoras de primeiros-socorros e cuidadoras em nossas fileiras, cuja função é tão vital quanto arriscada, já que Thiers não hesita em mandar atirar contra nossas ambulâncias sob o pretexto de que não ratificamos as convenções internacionais em vigor. Como se tivéssemos tido essa possibilidade! Mas nos recusamos a ficar à beira do leito da Comuna e buscamos o reconhecimento pelo que somos de fato: cidadãs e combatentes. Tão valentes quanto muitos homens.

Lisa falava comigo, mas eu sabia que suas palavras se dirigiam principalmente a Pai, buscando convencê-lo do papel central das mulheres na revolução. Em Paris, elas estavam em todas as esquinas propagando os valores emancipatórios da Comuna. Os casebres insalubres, os cafés chiques, as oficinas, os quartéis, as reuniões públicas, os teatros ou as barricadas, nenhum lugar na capital lhes escapava. Sua determinação fazia Versalhes se irritar e tremer. Elas não esperaram até março para tomar as ruas. Da proclamação da República, em 4 de setembro, até as muitas jornadas de insurreição que incendiaram a praça da Prefeitura durante o cerco, elas sempre participaram ativamente da luta, sem nunca desertar. Sem elas, no 18 de março, a Comuna provavelmente teria deixado sua artilharia cair nas mãos dos versalheses. Quem fez o chamado naquela manhã na colina Montmartre para reunir a multidão e preservar nossas armas? O comitê de vigilância das cidadãs do 18º *arrondissement,* liderado por Louise Michel.

Quando os versalheses fizeram seus primeiros ataques militares em Courbevoie, no início de abril, foram as mulheres que imediatamente convocaram uma marcha sobre Versalhes. No dia 3, na place de la Concorde, elas eram mais de mil, segundo Lisa, exigindo uma saída em massa para reforçar as guarnições de Flourens e Duval e desferir um golpe fatal nos agressores. Elas até tentaram cruzar as fortificações para socorrê-las, mas a Guarda Nacional as impediu de fazê-lo. A prefeitura, atormentada por debates incessantes, relutou mais uma vez em enviar todas as forças disponíveis. As promessas de ação do Conselho Municipal não eram mais suficientes. As mulheres da Comuna estavam impacientes. Elas então decidiram se organizar. Pai escutava a história de Lisa, mas algo parecia excitá-lo.

– O Comitê Feminino da Internacional não bastava?

– Digamos que havia chegado o momento de pensar grande e que essa ideia não era necessariamente unânime dentro do Comitê Feminino da AIT, com o qual fui colocada em contato por Benoît Malon, líder da Internacional, que você conhece, quando cheguei a Paris. Lançamos então um apelo público às mulheres para que pegassem em armas. Nosso lema era taxativo: "Viver livre trabalhando ou morrer lutando!". Assim que apareceu no *Diário Oficial* da Comuna e no dia seguinte em *La Sociale*, nosso anúncio teve um sucesso que nos superou. Nosso manifesto foi colado nas paredes da cidade, em fachadas diante das quais grupos de mulheres se aglomeravam sob o olhar ansioso dos transeuntes endomingados. Algumas delas, mais instruídas, liam em voz alta. Ainda posso ouvi-las repetindo estas palavras: "A luta pela defesa da Comuna é a luta pelos direitos das mulheres!".

Lisa estava tão exultante que sua respiração começava a se alterar ao final de cada frase. Pai começou a lhe fazer perguntas para que ela recuperasse o fôlego.

– Calma, Lisa. Entendo o que quer dizer. Sua análise é convincente. Além disso, seu movimento parece atrair o coração do proletariado parisiense...

– Sem dúvida. Entre os 8 mil membros da União, os intelectuais saídos da burguesia ou da aristocracia, como eu, são muito poucos. Nosso exército conta com muitas operárias, costureiras, garçonetes, lavadeiras, modistas, lojistas, pessoas sem profissão também, muitas delas solteiras ou viúvas. Todas reivindicam o direito ao trabalho e à igualdade salarial, à educação laica e gratuita para meninos e meninas, a criação de creches coletivas, mas também a igualdade cívica e jurídica ou, ainda, o direito de voto, porque mesmo aos olhos dos homens da Comuna continuamos cidadãs de segunda classe, nem eleitoras nem elegíveis.

Lisa nos explicou a que ponto foi preciso insistir para que cada subprefeitura de distrito abrisse escritórios de recrutamento. Havia um ou dois distritos refratários, mas em muitos lugares foram esses escritórios que possibilitaram a participação das mulheres na gestão municipal. A União pretendia se sobrepor ao modelo comunal, nele injetando a preocupação com a eficácia própria da Internacional. A atividade das assembleias locais era centralizada por uma comissão distrital permanente, composta por onze membros. Cada uma delas mantinha cotidianamente informado o comitê central de Paris, no qual Lisa tinha assento. Este último organizava de duas a três sessões por dia, na maioria das vezes em uma sala da prefeitura do 3º *arrondissement*.

Enquanto nos dava todas essas explicações, Lisa foi repentinamente atacada por uma tosse desagradável, que conseguiu conter com elegância.

– Desculpem-me. Os dias são agitados e o sono se tornou uma mercadoria rara. Ainda mais preciosa que a comida. Mas se você soubesse a que ponto os desafios me entusiasmam! Tenho a impressão de estar vivendo, aqui, a concretização das questões que abordávamos em seu "salão" londrino. Quantas horas passamos discutindo o potencial socialista das comunidades camponesas tradicionais da Rússia... Ainda o vejo andando de um lado para o outro em frente à lareira, charuto na mão, a *Causa do Povo* debaixo do braço, debatendo o ponto de vista do jornal de nossa seção russa. Você se lembra?

– Como poderia esquecer nossas conversas, nas quais você nunca se esquecia de citar este ou aquele trecho de seu romancista favorito, Tchernichevski! Reconheço que a influência política de seu livro *O que fazer?* despertou minha curiosidade e que, graças a você, ele impulsionou minha reflexão sobre as formas de organização comunitária. Mas eu não fazia ideia de quanto a história dele capturou sua imaginação e de quão intimamente acompanhou cada passo seu. Em Paris, você acabou de entrar na pele de sua personagem favorita, Vera Pavlovna. Casamento de circunstância para escapar de seu ambiente; sede de ideal coletivo e liberdade individual; alergia a toda forma de autoritarismo; talento de "oradora", título afetuoso dado por seus camaradas, que não poupam ordens, mas conselhos... Você definitivamente vestiu a fantasia de sua heroína. Quanto ao projeto de cooperativas de costureiras, permitirá que a ficção de Tchernichevski se torne realidade. Vera ficaria orgulhosa de você. Voltando à questão de fundo, a proposta de oficinas de costureiras, administradas inteiramente pelas operárias, seria uma novidade. Essas fábricas de um novo tipo fundariam novas comunidades de trabalhadores, uma espécie de *artels*[3] operários parisienses possuidores das máquinas e dos tecidos, no lugar da terra, das ferramentas e do gado partilhados pelos tradicionais *artels* rurais da Rússia. Devo admitir que

---

[3] Na Rússia pré-revolucionária, uma associação cooperativa de artesãos que viviam e trabalhavam juntos. (N. E.)

a lógica das comunidades camponesas autônomas, as *obscina*, de que você me falou com entusiasmo, abrange em parte a da democracia comunalista. Com a diferença notável de que esta última é uma realização da classe trabalhadora, com base em sua própria experiência, e, por isso, coloca a questão da propriedade de uma nova maneira. A Comuna é uma tentativa concreta de libertação do jugo do capital. Uma perspectiva forte o suficiente para fazer tremer os exploradores de todo o mundo. Você se dá conta, Lisa, de que a cidade-luz abriga, *a sério*, o comunismo "impossível", longe das utopias? O sino da Notre-Dame soa a sentença de morte do capitalismo. Uma visão aterrorizante para a burguesia, que corre o risco de reagir à altura de seus medos. Léo me falou de sua preocupação com a inércia do governo comunal em relação à necessidade de sublevar a província. Você tem razão. A derrota das Comunas de Lyon e de Saint-Étienne, depois da de Marselha, e, mais recentemente, da de Narbonne, deve nos fazer temer o pior, caso a Comuna não consiga colocar o campesinato francês contra Versalhes. Uma coisa é certa: este levante será um marco na história do pensamento socialista, atestando, espero que de uma vez por todas, que as ideias não caem do céu, mas se revitalizam no contato com a ação.

– Estou inteiramente de acordo com você: tem de ser de uma vez por todas! Mas é preciso que essa experiência seja bem-sucedida e cumpra suas promessas. Nem todos compartilham do seu entusiasmo pelas cooperativas. Os armazéns militares de Alésia e de Denfert estão transbordando de estoques de tecidos já pagos, aguardando apenas a requisição para iniciar a produção dos uniformes necessários à Guarda Nacional. O mesmo vale para os cartuchos de fuzis ou os sacos de areia reivindicados por nossas barricadas e nossas fortificações. Os trabalhadores não são apenas capazes de fabricar o que nos falta, mas podem também produzi-lo sob um sistema social em que o fruto do trabalho não seja mais monopolizado por um punhado de aproveitadores. Também nesse ponto nosso apelo foi inequívoco: "Queremos trabalhar, mas também ficar com o produto... Sem exploradores e sem senhores". Em cada distrito, as cooperativas poderiam atender às necessidades da população, operando de forma autônoma, sem se desvincular da coordenação da Comissão da Comuna. Apostamos que um dia esse tipo de federação de produtores livres reunirá as diferentes Comunas da França. E, quem sabe, as de além das fronteiras. Por enquanto, a Comuna prefere continuar negociando suas mercadorias com as empresas que apresentam a melhor oferta. Mesmo que os salários dos trabalhadores sejam impactados. Não está tudo resolvido, Karl, longe disso. Nossas ideias provocam engasgos em algumas pessoas na Prefeitura. Alguns têm entonações de Robespierre em suas vozes, mas sua determinação não segue a mesma frequência. Quando se trata de atacar Versalhes, tomar o Banco da França ou afirmar a propriedade pública em detrimento do sacrossanto direito de propriedade capitalista, essas mesmas pessoas começam a gaguejar. A Comuna não é uma simples réplica de 1789, é a primeira revolução operária da história...

Pai estava prestes a se aprofundar no assunto quando a garçonete do café entrou correndo para alertar Lisa da chegada iminente de uma delegação da União das Mulheres de Vaugirard.

– Karl, Jenny, gostaria de conversar mais com vocês. Nem pude oferecer-lhes uma bebida. Que frustração! Camaradas chegarão em breve, e seria prudente...

– Sim, Lisa, claro, vamos embora imediatamente. Você pode se orgulhar de sua ação. Mas, por favor, cuide-se. Brindaremos à sua saúde depois de todos esses acontecimentos. Prometido.

O rosto de papai escureceu quando disse essas palavras. A visão da arma que ela colocou na cintura não apaziguou seus temores. Lisa respondeu ao meu olhar questionador:

– Sim, como muitos, estou pronta a morrer em uma barricada um dia destes!

Pensamos em deixar o lugar na ponta dos pés, mas a encarregada decidiu o contrário e nos brindou com um estridente "Adeus, *Mssieur--Dame*. Vivam as mulheres e viva a Comuna!".

5
Passeios na Paris insurgente

Deixamos o Café des Nations por volta das 8 horas da manhã. Pai estava concentrado em seus pensamentos. A entrevista com Lisa produzia seus efeitos; o honorável Karl Marx já ardia de impaciência por colocar suas ideias no papel. De minha parte, eu estava em clima de primavera, apesar das circunstâncias trágicas. Longe das grandes questões que desafiavam o mundo, meu coração só obedecia a si mesmo, fixando a lembrança em nosso reencontro com Charles Longuet. Minha alma estava febril, o cérebro de Mohr estava em chamas. Ficamos parados na frente do café, ambos revisando nossos pensamentos. Nossas mentes precisavam relaxar, mesmo que apenas por um momento. Por isso, sugeri que nos deixássemos guiar pelo acaso das ruas, a fim de respirar aquele ar de Paris que, segundo Victor Hugo, consegue conservar a alma.

– Mohr, temos muito tempo. Jean-François, amigo de Léo, nos pegará na frente da Ópera ao meio-dia. E se aproveitássemos para dar um passeio?

– Excelente ideia, Jennychen! Adio meus compromissos. Visitemos a cidade em que você nasceu e que, por assim dizer, mal conhece. Éramos recém-casados, eu e sua mãe, quando nos mudamos para a rue Vanneau no final de 1843. E você tinha apenas alguns meses quando as autoridades francesas nos expulsaram sob pressão do embaixador prussiano, em fevereiro de 1845. Foi um exílio de sabor amargo, tanto mais frustrante quanto era precisamente a liberdade de expressão que buscávamos aqui. Na época, em Colônia, o clima estava irrespirável, a potência imperial acabara de censurar a *Gazeta Renana*, da qual eu era o redator-chefe. Nossa interpretação liberal da filosofia hegeliana foi considerada subversiva. Ela não era, porém, senão um esboço. Foi em solo francês que meu pensamento rompeu sua crisálida e alçou voo. Vim para a capital a fim de aperfeiçoar conceitos nos bancos da escola universal de filosofia, mas, nos subúrbios parisienses, acabei me formando em prática revolucionária. De certa forma, Jenny, também nasci em Paris, politicamente falando. E se fôssemos para as docas? Saiamos daqui, a place de la Corderie está muito próxima e corremos o risco de encontrar alguns rostos conhecidos da AIT, que não se deixarão enganar por muito tempo com meu disfarce.

Enquanto caminhávamos pela rue du Temple em direção ao Sena, eu escutava Pai relembrar seus anos parisienses. À medida que passávamos, as lojas abriam as portas, dispondo suas prateleiras ao longo dessa antiga rua comercial. Era a primeira vez que Mohr me fazia confidências dessa forma. Saboreei cada uma de suas palavras repassadas de melancolia, compreendendo sua jovem paixão pela Paris do Iluminismo, cujo fermento intelectual havia inspirado seus *Manuscritos*. Também pela Paris da classe trabalhadora, a do comunismo corporificado, a mil léguas dos discursos filosóficos encantatórios. Algo raro em se tratando dele, Pai falava abertamente de suas decepções pessoais, como a de não ter podido prolongar sua iniciação comunista nestas terras. Gostei de ver que seu relato não obscurecia os momentos de dúvida nem alguns arrependimentos.

Não sendo um homem nostálgico, Pai se obrigava a manter certa distância em relação ao passado e a revelar apenas o que seu decoro permitia. O som de sua voz me embalou e legendou as imagens de Paris que passavam lentamente diante dos meus olhos. Eu abria e fechava minhas pálpebras na esperança de que a memória retivesse cada detalhe. Por toda parte, os paralelepípedos, desgastados pelo tempo, pareciam implorar aos lampiões a gás, também em mau estado, que os iluminassem um pouco.

Aqui e ali, as novas tampas dos esgotos nos lembravam que a partir de agora os dejetos já não eram mais donos da capital. Ao longe, uma escada de pedra, estreita e sinuosa, com corrimão de ferro forjado, acotovelava-se para conter as paredes bambas entre as quais estava embutida. Menos inquieta com o futuro, uma praça recém-inaugurada estava pronta para receber os primeiros garotos que logo viriam se divertir por todos os lados, entre os balanços, o quiosque e as gangorras. Pai continuou sua história enquanto eu saboreava o momento: Paris se levantava! E bem disposta. Uma fila de mulheres de avental esperava na escadaria antes do trabalho em uma oficina têxtil. Em frente, protegido por uma armação, um lavatório emitia murmúrios abafados por pequenos montes de roupa suja manuseada com vigor por figuras envoltas em xales e lenços. Mais abaixo, a rua estava saturada de gente. Um vaivém de batalhões da Guarda Nacional bloqueava o acesso, enquanto vários carrinhos de mão, transbordando de carvão, congestionavam as calçadas. Homens robustos, de jaquetas azuis, descarregavam-nos conscienciosamente com pás, antes de colocar o precioso espólio no duto do porão de um prédio.

Um enxame de crianças, do nada, de repente nos rodeou com o objetivo declarado de nos extrair alguns centavos; meninos de rua, *gavroches*[1]. Então foi a vez dos primeiros pregoeiros da manhã, cujas interpelações atrevidas não deixavam outra escolha a não ser comprar seus jornais: "As notícias do dia! Quem quer *Le Père Duchesne*, *Le Vengeur*, o *Cri du Peuple*[2]? Versalhes está sob pressão, a Comuna vencerá!". As caricaturas satíricas das capas rivalizavam em imaginação para esboçar

---

[1] Personagem do romance *Os miseráveis*, de Victor Hugo, publicado em 1862. Posteriormente, a palavra foi incorporada ao idioma francês, designando meninos inteligentes e corajosos e/ou irreverentes. (N. T.)

[2] Conhecidos jornais da tradição revolucionária francesa. *Le Père Duchesne* foi criado originalmente durante a Revolução Francesa, em setembro de 1790. Jornais com o mesmo título foram editados durante a Revolução de Julho de 1830, a Revolução de 1848 e a Comuna de Paris (1871). Espécie de continuação do jornal *Le Combat*, criado em 1870, *Le Vengeur* surgiu em fevereiro de 1871, ganhando novo fôlego ao longo da Comuna. O jornal *Le Cri du Peuple*, por sua vez, havia sido criado em fevereiro de 1871 por Jules Vallès e Pierre Denis, tendo sobrevivido até 23 de maio, durante a chamada "Semana Sangrenta" (entre 21 e 28 de maio), que marca o fim da Comuna. (N. T.)

Adolphe Thiers em poses cada vez mais constrangedoras. Pai comprou um exemplar de cada um sem interromper seu monólogo. Na esquina da rue de Rivoli, quase fomos atropelados por duas ambulâncias da Cruz Vermelha que passavam a toda velocidade. A guerra retomava seus direitos.

– Jenny, você se dá conta... todos esses feridos, todos esses mortos...

Na praça da prefeitura, Pai marcou passo em frente à sede da Comuna. Esperávamos poder encontrar Varlin lá muito em breve. O prédio estava em sua habitual ebulição. No quai de Grève, o sol faiscava, entronizado no meio da Île de la Cité[3], quase deserta. A ponte de Arcole brilhava com todo o seu esplendor, envolvida por um halo cintilante, evocando a clareza singular que Camille Pissarro sabia captar nas suas pinturas. Mas Pai contemplava a cena de uma perspectiva diferente.

– Eles arrasaram absolutamente tudo. No passado, este bairro estava cheio de habitantes, 20 mil pessoas no mínimo. Um labirinto de ruas estreitas e vários quarteirões completamente destruídos, do Palácio de Justiça à catedral. O que aconteceu com todas essas pessoas? Restou apenas este quartel. Até o Hôtel-Dieu foi reconstruído.

– Sim, obra do Barão Haussmann[4].

Apoiada no parapeito, aproveitei o lugar enquanto Mohr se obstinava em observar os estragos de perto. O Sena também estava congestionado: embarcações, canoas e vários barcos não homologados navegavam para cima e para baixo, visivelmente sem direção. Essa esquálida flotilha tentava transportar a bordo, sem afundar, alguns passageiros

---

[3] Uma das duas ilhas do rio Sena situadas em Paris – a outra é a Île Saint-Louis. A Île de la Cité está no centro da capital francesa, tendo sido o marco de nascimento da cidade. (N. T.)

[4] Prefeito do antigo Departamento do Sena entre 1853 e 1870, o barão Haussmann foi responsável pela mais radical transformação do espaço urbano da Paris moderna. Sob as ordens de Napoleão III, sua proposta de "embelezamento estratégico" da cidade visava atender às demandas urbanas da burguesia em ascensão e, ao mesmo tempo, cercear a possibilidade de ressurgimento do método por excelência dos combates populares em Paris: as barricadas. (N. T.)

imprudentes, animais de ar cansado e também contêineres carregados de trigo. A capital tinha problemas de abastecimento. A dependência havia sido afrouxada um pouco desde o armistício de janeiro com os alemães, mas a alegria durou pouco. A fome espreitava novamente, embora fosse menos sentida que durante o cerco prussiano.

Os *communards* se mostravam reticentes sobre o assunto. No entanto, sabíamos que o final do ano havia sido particularmente trágico. O instinto de sobrevivência tinha levado os parisienses a não se preocuparem muito com o conteúdo dos pratos, e a fome obrigou não poucos a engolir, com a morte na alma e de olhos fechados, carne de cavalo, de cachorro e de gato. Os camundongos e ratos do campo ficaram para os mais pobres entre os pobres. A situação de extrema penúria não escapou às leis sagradas da luta de classes e os burgueses, por sua vez, festejaram o Natal nos restaurantes de luxo da capital, degustando a preço de ouro o "consomê de elefante". Castor e Pólux, paquidermes estrelas do zoológico do Jardin des Plantes, foram incluídos no cardápio. Quatro meses se passaram e o bloqueio de Thiers substituiu o de Bismarck. Mais uma vez, Paris comia o pão que o diabo amassou.

Pai queria ficar na margem direita. Retomamos então nossa jornada pelo cais até a place du Châtelet. Pai não conseguia acreditar:

— Eles deslocaram a coluna! Como conseguiram fazer com que esses dois teatros brotassem do chão em tão pouco tempo? Jenny, isso é absolutamente incrível! E essa avenida que não acaba mais!

— Sim, Pai, o boulevard Sébastopol, obra do barão Haussmann, como sempre.

O Império tinha reconfigurado Paris de alto a baixo em tempo recorde e demolido muitos bairros populares. As artérias haussmannianas agora cortavam a capital de norte a sul e de leste a oeste, conectando ao centro as entradas da cidade. Luís Bonaparte se preocupou particularmente com a burguesia parisiense, construindo-lhe casas feitas sob medida, edifícios altos de pedra, reconhecíveis entre todos. Apenas o último andar e o sótão eram reservados para os empregados. Claro, os aristocratas puderam salvaguardar suas mansões no faubourg Saint-Germain. Paris se esvaziou de seu povo tumultuado e de suas revoltas.

Os trabalhadores e os pobres tinham sido expulsos do centro para viver nos novos bairros anexados por Thiers em 1860, Les Batignolles, Montmartre e Belleville.

— Sim, Jennychen, uma verdadeira contrarrevolução. Além disso, antes de renunciar sob coação no ano passado, Haussmann plantou uma bomba-relógio nas contas públicas. As famosas "contas fantásticas" do barão Haussmann, para usar o termo justo de Jules Ferry. A dívida induzida pelo custo dessas obras faraônicas acabará explodindo mais cedo ou mais tarde. Aqui como em qualquer outro lugar. A especulação imobiliária fez o capitalismo acreditar que poderia criar dinheiro a partir do dinheiro. Ilusão maluca que vai se despedaçar, num violento retorno à realidade. A acumulação infinita desse capital fictício é apenas um dos sintomas da crise econômica, cujo mecanismo procuro desmantelar em meu livro dedicado ao capital. Mas você é a primeira a saber. Este trabalho "sem fim", como gosta de dizer, me censurando por ele ocupar todo o meu tempo.

— Felizmente, você não pôde trazer seus papéis, caso contrário nunca poderíamos vagar por aí como fazemos agora.

— Você tem razão. E isso teria sido muito lamentável. Paris está irreconhecível. De dar vertigem. As forças implementadas por essa reorganização urbana dizem muito sobre o potencial produtivo que acompanha o desenvolvimento da burguesia. Outra coisa me preocupa com relação à Comuna. Estes vastos bulevares retilíneos são muito mais propícios à passagem dos canhões dos versalheses do que à formação de barricadas pelos insurgentes.

Enquanto caminhava, Pai observava a nova Paris com um ar entre fascinado e desdenhoso.

O palácio do Louvre exibia orgulhosamente as cores da Comuna. Uma faixa, pendurada no frontão, anunciava a realização de uma assembleia da Federação dos Artistas de Paris, que deveria votar no mesmo dia a criação de um comitê executivo. Várias centenas de pessoas estavam reunidas na plataforma do museu.

— Pai, aquele homem ali talvez seja Gustave Courbet.

— Sim, deve ser ele. Eugène Pottier também deve estar presente.

Um jovem com ares de artista revolucionário veio nos oferecer um pequeno folheto. Elegantemente vestido, cultivava uma falsa aura boêmia com sua imaculada camisa camponesa e jaqueta de veludo marrom.

– Olá, cidadãos, querem um exemplar do nosso manifesto?

– Com prazer, esse é o programa cultural da Comuna?

– De certa forma, mas nossa federação tem o cuidado de não buscar impor nenhuma verdade sobre o assunto. Não proclamamos uma arte oficial. Pelo contrário, reivindicamos "a livre expressão da arte, isenta de qualquer tutela governamental e de todos os privilégios". A cultura não deve nunca ser transformada em instrumento de dominação ou em mercadoria. Como sabem, quando os ventos da emancipação se levantam, eles sopram em todas as áreas. Eu sou um ator, trabalho em uma trupe de arte lírica. Nossa companhia nunca floresceu tão bem como agora. Divulgamos nossas criações por meio de exposições ou espetáculos espontâneos, realizados em praça pública ou em antigos prédios do Império, às vezes até dentro de igrejas. Muitos teatros privados foram transformados em cooperativas. A Comuna é uma oportunidade para jovens criadores desenvolverem seu talento. Pinturas, esculturas, gravuras, literatura, poesia, canções, nossa revolução está cheia de aptidões.

– Que relações vocês mantêm com a Comuna?

– Nossos destinos estão entrelaçados. Quando formamos nossa federação, há pouco tempo, fizemos questão de destacar nossa adesão à Comuna, mas preservamos nossa autonomia. Nosso objetivo continua sendo "o governo do mundo artístico pelos artistas", mas o entendimento é perfeito. Projetos florescem em cada distrito. Pretendemos colocar nosso lema, "luxo comunal", a serviço de todos. A educação também é importante para incorporar a criação como parte do conhecimento compartilhado e ensinado. Propusemos que a educação artística seja ministrada nos jardins de infância. A Comuna se diferencia da arte burguesa ao abrir as portas para a atividade de artesãos, pedreiros, alfaiates, joalheiros ou estofadores, inserindo-os nas fileiras da criação artística. Mas vejo que nosso encontro está para começar, devo deixá--los. Foi um prazer.

Agradecemos calorosamente as explicações, trocando um olhar cúmplice e divertido ao descobrir que o rapaz havia deslizado entre as folhas do caderno de capa dura, como marcador de página, um poema de sua composição.

Nesse momento, um jovem de olhar vivo e lindo rosto de adolescente se aproximou de nós. "Vejo que vocês se interessam por poesia", comentou, com um sorriso levemente irônico. "O que a poesia pode fazer por uma revolução como esta?", perguntou Mohr. O jovem desconhecido respondeu sem hesitação: "A mão na pena vale tanto quanto a mão no arado". Pai ficou surpreso com a resposta, mas a achou sugestiva. Atraída pelo olhar intenso e melancólico do jovem poeta, eu quis também lhe fazer uma pergunta: "Qual deve ser, na sua opinião, o objetivo da Comuna?". "Mudar a vida!", afirmou ele, como se jogasse uma banana de dinamite. Pai pensou por um momento e depois respondeu: "Antes de tudo, transformar o mundo, não acha?". Foi minha vez de falar: "Talvez essas duas palavras de ordem possam se transformar em uma só". Nosso jovem amigo parecia satisfeito com a conclusão, mas também estava apressado para a Assembleia. Tomada pela curiosidade, perguntei-lhe seu nome: "Arthur" foi a resposta lacônica. Insisti: "O que mais?". "Rimbaud...", disse ele, antes de desaparecer na multidão[5].

Depois de passar pelo prédio, pegamos a rue Saint-Honoré. No cruzamento da rue des Bons-Enfants, Pai parou repentinamente.

– Jenny, vamos fazer um desvio. Gostaria de verificar uma coisa.

Caminhamos até o número 20.

– Não, eles não demoliram tudo. Era aqui, Jenny, que ocorriam os encontros da Liga dos Justos, no Café Scherger. Neste bistrô, pode acreditar, os debates podiam se alongar até a manhã. Esse círculo de

---

[5]   Referência implícita à última frase do discurso de André Breton no Congresso dos Escritores pela Defesa da Cultura, ocorrido em Paris, em junho de 1935. "'Transformar o mundo', disse Marx; 'mudar a vida', disse Rimbaud: essas duas palavras de ordem para nós são uma só" (André Breton, *Manifestos do surrealismo*. São Paulo: Brasiliense, 1985, p. 184). É como se Jenny tivesse antecipado a perspectiva de Breton na presença, em plena Comuna, de duas das grandes figuras inspiradoras dos surrealistas. (N. T.)

trabalhadores socialistas alemães – exilados, em sua maioria – imediatamente me adotou. Alguns haviam participado da tentativa de
insurreição de 1839, ao lado de Blanqui, de quem na época eram
próximos. Foi a partir desse reagrupamento que fundamos a Liga dos
Comunistas, anos depois, em 1847.

Assim que atravessamos o jardim do Palais-Royal, chegamos à rue des
Petits-Champs, que subimos até a altura da esquina da rue des Moulins.

– Aqui era a sede do *Vorwärts*, jornal do qual participei depois
dos *Annales Franco-Allemandes*. No primeiro andar, todos os dias,
tínhamos reuniões do comitê editorial, que se pareciam muito mais
com assembleias políticas. Aqui, minha amizade política com Engels
foi definitivamente selada. A revolução, o proletariado, as formas de
propriedade, Babeuf, são palavras e nomes que devem ter ressoado mil
vezes entre essas paredes.

Àquela altura de nosso passeio, quase nos perdemos dentro de uma
enorme construção abandonada, antes de encontrar Jean-François na
Ópera, mais exatamente em frente à nova Ópera, também em construção. Iniciada há quinze anos sob a liderança de um arquiteto da
moda chamado Garnier, a obra tinha sido suspensa devido à guerra.
Escondida atrás de andaimes raquíticos, a fachada principal do edifício
revelava apenas degraus e um frontão imponente, decorado com frisos.
Redemoinhos de poeira giraram ao nosso redor. Enquanto Pai tirava
o pó do casaco, olhei para o bistrô luxuoso à nossa frente, o café do
Grand Hôtel de la Paix. Em plena guerra civil, os Grands Boulevards
continuavam sendo os Grands Boulevards. Bistrôs, restaurantes e teatros
disputavam espaço. A Paris que aqui desfilava até março havia feito as
malas. As peles, os ternos luxuosos e os vestidos de seda haviam desa-
parecido, provavelmente entrincheirados em Versalhes. Os proletários
que se apossaram do local pareciam ter mantido o costume, vestindo-se
com aprumo antes de caminhar pelas calçadas do bulevar.

Enfeitiçados por essa animação, nem Pai nem eu notamos que uma
velha charrete, puxada por dois cavalos valentes, parara ao nosso lado.
O cocheiro, sentado em um grande banco, nos observava zombeteira-
mente. Era Jean-François.

— Então, sob o feitiço de Paris? Subam, amigos, estou fazendo as vezes de mensageiro do trabalho. Antes de levá-los de volta a Léo, tenho de passar em um depósito não muito longe daqui. Preciso pegar algumas caixas de que necessitamos para amanhã de manhã.

Nós nem hesitamos, felizes que estávamos em continuar nossa excursão. Nossa improvável atrelagem partiu, tomando pelo boulevard des Capucines. Depois da igreja da Madeleine, viramos para a rue Boissy-d'Anglas. Chegando a uma entrada de cocheira tão dilapidada quanto estreita, Jean-François manobrou sua viatura até o fundo do pátio, a fim de estacioná-la o mais próximo possível da oficina. Um homem robusto, de ombros largos e rosto envelhecido, veio em nossa direção. As mangas da blusa cinza estavam enroladas até os cotovelos e ele tinha um lápis preso à orelha.

— Olá, Jean-François!

— Joseph, como você está? Vim buscar minha encomenda, se estiver pronta. Apresento a você meus amigos, de passagem por Paris.

— Encantado. Bem-vindos à nossa cooperativa de marcenaria e carpintaria.

Fui imediatamente dominada pelo alvoroço que reinava dentro da fábrica. Uma serra mecânica emitia ruídos estridentes sem parar, o que não impediu que os dez ou mais trabalhadores presentes notassem nossa chegada, nos acenando amigavelmente. Um calor sufocante invadia a modesta fábrica; o telhado de vidro que a cobria acentuava o cheiro de cola de madeira a ponto de saturar o ar. Pranchas, serras, pregos, martelos, barras de metal e várias bolsas de couro cheias de todos os tipos de ferramenta jaziam no chão de cimento coberto de aparas de madeira.

— Amigo, suas caixas estão guardadas no fundo, na filial.

— Obrigado, Joseph. Tudo continua funcionando a contento?

— Vamos aguentando, há duas semanas que estamos conseguindo nos manter.

Pai, ao ouvir essa informação, entrou na conversa.

— Vocês realmente funcionam como uma cooperativa?

— Sim. Não tínhamos muita escolha, o dono saiu correndo como um coelho assustado assim que as pessoas reivindicaram o que lhes era devido. Mas não nascemos ontem e o impedimos de levar consigo os estoques de madeira que havia comprado com o dinheiro da manufatura. Desde então, nos pagamos ao final de cada semana, fazendo caixotes de madeira para o estabelecimento de Léo, arcas para transporte de armas da Guarda Nacional, barris de vinho também. Não é nada fácil fazê-los. Mas temos gente boa aqui e precisamos inovar. Antes, éramos especializados em baús de madeira, principalmente os usados para transporte em diligências. Com os trabalhadores e hóspedes do Hôtel Crillon, na porta ao lado, tínhamos clientes, posso garantir. Mas eles também se foram. Por isso, nós nos reciclamos.

– Como distribuem os ganhos do trabalho?

– Igualmente, claro! Desde o começo. Fazemos um balanço todos os fins de semana, e todos os dias a comissão, composta de três membros eleitos, administra os assuntos do dia a dia. Criamos também um fundo comum para os transportes. Alguns moram perto, outros, como eu, vêm de mais longe. Moro em Levallois com minha esposa Berthe e meu irmão, um trabalhador têxtil. Encontrar um coletivo e passar pelas fortificações não é tarefa fácil. Principalmente porque os versalheses nos bombardeiam sem piedade.

– Vocês gerenciam tudo sozinhos?

– Sim. Pedidos, projetos de fabricação, vendas, fluxo de caixa. Tudo. Não precisamos de mais ninguém. Até nos demos o luxo de levar para a Comuna os objetos de valor que recuperamos, os preciosos vasos de cerâmica ou as louças caras aqui deixadas por algumas famílias do Crillon, quando estavam rachadas ou quebradas. Certas peças foram avaliadas e, embora restauradas por nós, valiam seu peso em ouro. O mais difícil é saber prever e calcular as despesas. Felizmente, com os camaradas de outros sindicatos, ajudamo-nos uns aos outros e compartilhamos habilidades. Nos clubes revolucionários, aprendemos principalmente a falar, às vezes a escrever, mas não muito a contar. Bom, tenho de voltar, se cuidem. Jean-François, mande meus cumprimentos a Léo. Até breve e viva a Comuna!

Após pegar a carga e protegê-la com segurança, partimos. Mohr aparentemente tinha um pedido final, misteriosamente sussurrado ao ouvido de Jean-François. Concentrei-me na paisagem da capital. A place de la Concorde, com a estátua de Estrasburgo coberta com um grande pano preto desde a anexação da Alsácia e Lorena pelos prussianos, a ponte, o quai d'Orsay e em seguida a esplanade des Invalides. Poucos minutos depois, nosso veículo improvisado diminuiu a velocidade na rue Vanneau, antes de parar no número 38.

– É aqui, Jennychen, que morávamos, é aqui que você nasceu.

À noite, meu pai estava especialmente cansado, mas parecia contente e alegre. Durante o jantar, ele fez a Léo um balanço detalhado da nossa jornada, sem se esquecer de perguntar sobre a disponibilidade de Eugène Varlin e Louise Michel nos próximos dias. Depois, foi para a cama, adormecendo quase imediatamente. Um sono merecido.

6
Eugène Varlin, comunista antiautoritário

Léo informou a Eugène Varlin, seu colaborador na Comissão de Finanças, sobre a visita de Mohr. No dia seguinte, fomos convidados a encontrá-lo em seu escritório na prefeitura. Conhecemos Varlin no Congresso da Internacional em Londres (1865): ele era um jovem trabalhador, encadernador por profissão, alto, com abundantes cabelos pretos jogados para trás e uma barba pujante. Seus olhos escuros e brilhantes expressavam gentileza e energia. Na festa organizada para comemorar o primeiro aniversário da fundação da AIT, ele nos fez dançar, Laura, Tussy e eu! Falava apenas francês, mas, ao contrário de alguns de seus compatriotas, não falava muito: sua fala era sóbria e precisa.

Pai tinha o maior respeito por ele:

– Varlin não é um proudhoniano como os outros. Organizador brilhante, conseguiu federar as associações operárias de Paris e atraí-las para a Internacional. Durante o processo contra os internacionalistas, fez um discurso magnífico, denunciando o capitalismo e os "paxás[1] financeiros que produzem abundância ou escassez à vontade, semeando sempre, em torno dos milhões que acumulam, mentiras, ruína e falência", cito de memória. Foi graças a ele que, no Congresso da Basileia (1869), obtivemos sucesso em neutralizar os proudhonianos "individualistas" e conseguimos aprovar uma resolução "coletivista" em defesa da

---

[1] No Império Otomano, "paxá" era o título não hereditário dos governadores e vizires, depois adotado por outros funcionários e dignitários civis ou militares. (N. T.)

socialização da propriedade da terra. Nosso principal oponente nessa polêmica, o senhor Tolain, mostrou sua verdadeira face ao escolher o lado dos versalheses contra a Comuna.

Apressei-me a acrescentar uma palavra a essa homenagem, argumentando que ele teve a coragem de defender, novamente contra seus amigos proudhonianos, o direito das mulheres ao trabalho e o princípio do "salário igual para trabalho igual".

Foi então a vez de Léo – que não escondia a estima pelo amigo internacionalista – citar um trecho de sua defesa perante os juízes do Império, na audiência de 22 de maio de 1868: "Somente um vento de liberdade absoluta pode purificar esta atmosfera carregada de iniquidades e tão cheia de tempestades para o futuro".

Segundo Léo, Varlin havia previsto, como um profeta dos novos tempos, a tempestade que estouraria em Paris três anos depois. Ele participou, aliás, à frente da Guarda Nacional de Batignolles, da revolta do 18 de março. Em todas as situações, sempre se destacou por sua capacidade de decisão, sua ousadia, sua coragem e sua humanidade. Rapidamente, tornou-se popular: nas eleições para a Comuna, foi o único a ser eleito por três *arrondissements*, o 6º, o 12º e o 17º.

No dia seguinte, fomos encontrá-lo na prefeitura. Na magnífica fachada renascentista desse edifício histórico, flutuava uma enorme bandeira vermelha: era o coração político da Comuna. Ao redor, destacamentos da Guarda Nacional, com alguns canhões, protegiam aquele lugar estratégico.

Em frente à prefeitura, alguns guardas, de fuzil ao ombro, controlavam as entradas: para ser admitido, era necessário ter uma autorização das comissões distritais, dos batalhões da Guarda ou de funcionários eleitos da Comuna; a nossa, em nome de "Senhor e senhorita Richardson, negociantes ingleses", estava assinada por Léo Frankel. Diante de nós, uma personagem de aparência duvidosa, desprovida de autorização, tentava forçar a passagem, mas os guardas a impediram com firmeza. Seguiu-se uma altercação, antes que o indivíduo desistisse e saísse resmungando. Graças ao nosso documento assinado por Léo, fomos admitidos sem problemas e até recebemos um sorriso dos guardas.

Havia intensa agitação no prédio: guardas armados, trabalhadores e mensageiros corriam em todas as direções; discutia-se nos corredores, pequenos grupos se formavam a fim de trocar informações. Viam-se também algumas mulheres, provavelmente militantes da União das Mulheres para a Defesa de Paris. A prefeitura era como uma colmeia zumbindo constantemente. A alegre desordem seria apenas uma aparência ou uma característica essencial dessa insurreição popular?

Varlin nos aguardava no primeiro andar, em seu escritório da Comissão de Finanças. Era uma daquelas salas da prefeitura com uma ornamentação espetacular no estilo do Segundo Império; aquele luxo artificial contrastava com a simplicidade da mesa e das cadeiras, que pareciam ter vindo da oficina de um humilde marceneiro do faubourg Saint-Honoré.

Varlin ficou contente, mas muito surpreso, quando nos viu chegar:

– Cidadão Marx, você está irreconhecível! Seu disfarce é perfeito!

– É minha filha Jenny que você deve felicitar, cidadão Varlin. Foi ela quem inventou esse subterfúgio...

– Bravo, cidadã! Você deu prova de uma prudência louvável.

Foi minha vez de cumprimentá-lo:

– Querido Eugène, é um grande prazer vê-lo novamente. Nunca esqueci nossa valsa na festa da Internacional em Londres.

Após esse preâmbulo, Pai foi ao cerne da questão:

– Cidadão Varlin, devo confessar que estou profundamente impressionado com o que está acontecendo aqui em Paris. Famintos e desorganizados pela traição interna ainda mais que pelo inimigo externo, vocês se levantaram corajosamente. Que flexibilidade, que iniciativa histórica, que capacidade de sacrifício! A história não conhece outro exemplo de tamanha grandeza! Esta Comuna é a conquista mais gloriosa do nosso partido desde a insurreição parisiense de junho.

– Esperemos que ela não termine como em 1848...

Nesse momento, a atenção de Mohr foi atraída por um cartaz colorido da Comuna, que substituía, acima da lareira, o retrato do imperador, provavelmente mandado para o lixo. Aproximou-se da parede para estudá-lo: representava um federado atrás de um canhão, segurando nas mãos uma bandeira vermelha com o lema "A Comuna ou a morte"; ao seu lado, uma mulher apontava com o braço para uma cidade que se avistava a distância. O título do cartaz era inequívoco: "Para Versalhes!".

Pai se voltou para Varlin com um grande sorriso:

– Esse cartaz está certo! Vocês foram muito gentis, deveriam ter marchado em direção a Versalhes imediatamente. Mas não quiseram começar a guerra civil, como se aquele nanico do Thiers já não a tivesse iniciado, tentando desarmar Paris!

Varlin compartilhava dessa opinião... Disse a Mohr que, nos primeiros dias, propôs o ataque. O problema era que a Guarda Nacional, composta de pessoas dignas e corajosas, era o povo armado, não um exército profissional. Ela carecia de disciplina, apesar dos esforços do comissário de guerra, Gustave Cluseret; não estava acostumada a operações em campo de batalha.

Um pouco apreensivo com a resposta, Pai abordou a questão por outro ângulo: para ele, faltava à Comuna alguém como Blanqui, capaz de retificar o rumo e disciplinar os combatentes. Queria saber se havia alguma maneira de obter sua libertação.

Varlin explicou que, após o assassinato de Duval e Flourens pelos versalheses, a Comuna havia feito algumas dezenas de reféns, incluindo o arcebispo de Paris, monsenhor Darbois, propondo a Thiers a troca desse ilustre eclesiástico por Blanqui. Mas Thiers recusou categoricamente. A Comuna agora ia sugerir a troca de *todos os reféns* apenas por Auguste Blanqui.

Um pouco cético quanto a essa possibilidade, Mohr perguntou:

– E se ele recusar? Vocês vão executar os reféns?

Varlin engasgou:

– De modo algum! Eu me oporia com todas as minhas forças. É contra nossos princípios socialistas[2]. Se o fizéssemos, daríamos margem

---

[2]   Durante a Semana Sangrenta, no dia 25 de maio, Varlin se opôs, sem sucesso, à execução de reféns na rue Haxo. Os versalheses não tiveram a mesma generosidade: três dias depois, ele foi capturado e fuzilado por ordem dos generais.

a que nossos inimigos sustentassem a acusação de que queremos ressuscitar o Terror de 1793. Seria ótimo se Blanqui pudesse ser libertado, mas não acredito que um único indivíduo possa mudar nossa precária situação militar.

Mohr voltou à carga, apontando novamente para o cartaz sobre a lareira: a Guarda Nacional não seria capaz de liderar uma ofensiva?

Varlin duvidava dessa possibilidade. Lembrou a Pai que a Guarda havia tentado um ataque contra os versalheses, em Châtillon, em 3 de abril. Resultado: os *communards* foram derrotados, mil guardas nacionais foram feitos prisioneiros e dois dos melhores comandantes, Duval e Flourens, foram fuzilados pelos versalheses.

Cada vez mais preocupado, Mohr perguntou-lhe então como a Comuna pensava em enfrentar as tropas de Thiers.

Varlin hesitou por alguns instantes. Não era uma pergunta fácil de responder. Finalmente, ele nos ofereceu uma hipótese realista:

– Nossos batalhões estão enraizados em bairros populares. Seu método de luta espontânea é o de todas as insurreições populares de nossa história: a barricada. Se os versalheses nos atacarem, Paris estará repleta de barricadas, cada uma com seus canhões. A Guarda Nacional lutará com coragem, os versalheses enfrentarão uma resistência feroz.

Pai estava apenas parcialmente convencido: as barricadas poderiam resistir a um ataque do exército regular?

– Nossa esperança é que se repitam as cenas do dia 18 de março: os soldados de linha se recusaram a atirar nas pessoas e alvejaram seus próprios generais.

– E se isso não acontecer, cidadão Varlin?

– Então será um banho de sangue, muito pior que em junho de 1848, cidadão Marx...

Fez-se silêncio, cada um de nós refletia sobre aquela conversa sincera, mas preocupante. Mohr tinha mais alguma coisa a lamentar: em sua opinião, o Comitê Central da Guarda perdera muito tempo abdicando de seu poder para poder organizar as eleições da Comuna. Os revolucionários tiveram uma preocupação excessiva com a "honestidade"!

Varlin discordou! Sua resposta foi clara e precisa:

82 O *Caderno azul* de Jenny Marx – A visita de Marx à Comuna de Paris

– Caro Marx, os revolucionários nunca são demasiadamente honestos! Essas eleições eram essenciais para assegurar a legitimidade da insurgência. Era a garantia de que a Comuna representa efetivamente o povo de Paris. Quanto a isso, todos estávamos de acordo no Comitê Central da Guarda, os proudhonianos, os blanquistas, os jacobinos e os republicanos sociais.

Eu não disse nada, mas acho que Varlin tinha razão. Pai não parecia convencido, porém não insistiu. Preferiu desviar a conversa para outro terreno: por que a Comissão de Finanças da Comuna não se apropriara do Banco da França?

Nosso interlocutor procurou alguns documentos em sua gaveta, consultando-os antes de nos responder:

– Tem razão, concordo com você. Propus essa medida ao Comitê Central da Guarda Nacional, mas ela não foi aceita. Enviamos, então, um ultimato ao diretor do Banco da França exigindo o pagamento imediato de um milhão de francos, valor necessário para honrarmos o salário da nossa Guarda Nacional. Fui com Jourde, o especialista financeiro da Guarda, até a sede do banco e recebemos o que pedimos. Voltaremos à carga na medida de nossas necessidades.

– Sim, mas enquanto isso o banco entrega dezenas, se não centenas de milhões a Versalhes...

– É verdade, mas não posso ir além das atribuições que me foram confiadas pela Comuna.

Nesse momento, alguém bateu na porta. Entrou um guarda nacional: explicou a Varlin que dois *communards*, os cidadãos Grelier e Viard, tinham reunido na prefeitura do 11º *arrondissement* uma quantidade considerável de prataria, confiscada pelo povo nos palácios e igrejas; queriam saber o que fazer com aquele tesouro.

Agradecendo ao guarda pela informação, Varlin imediatamente escreveu uma mensagem, pedindo-lhe que a levasse a esses dois bravos camaradas. O precioso saque deveria ser transferido o mais rápido possível para a Casa da Moeda, onde seria confiado a Camélinat, que se encarregaria de transformá-lo em moedas de prata: a Comuna estava mesmo precisando!

Depois que o mensageiro saiu com as instruções, nosso amigo voltou-se para nós e comentou, com o rosto radiante de alegria:

– Vejam, esse é o povo de Paris: sem roubo, sem pilhagem, sem "recuperação" individual. A prataria dos ricos fugitivos e do clero parasita foi entregue aos oficiais da Guarda Nacional ou aos conselhos distritais e está sob a responsabilidade da subprefeitura do 11º *arrondissement*. Em breve, teremos algumas belas moedas de prata em circulação.

Pai respondeu com admiração, mas também com uma ponta de ironia:

– Parece que todos os cidadãos desta cidade insurgente sabem de cor as resoluções coletivistas da AIT!

– São poucos os que as conhecem, mas este povo é espontaneamente "coletivista"...

Pai queria saber qual era a influência da Internacional na Comuna. Varlin então lhe explicou que os socialistas e os internacionalistas eram apenas uma minoria, mas que suas propostas eram levadas em consideração. A maioria dos membros da Assembleia da Comuna era composta de jacobinos ou republicanos sociais.

Nesse momento, Mohr não se conteve. Desde o início, desejava questionar seu interlocutor sobre suas preferências políticas:

– Desculpe pela pergunta pessoal, cidadão Varlin, mas qual é a sua orientação em relação às doutrinas socialistas? Ainda é um proudhoniano? Tem afinidades com Bakunin? Você votou a favor da proposta dele de acabar com a herança, na Basileia[3]...

Um pouco surpreso com a pergunta um tanto indiscreta, Varlin fingiu remexer nos papéis sobre a mesa. Finalmente, respondeu com um sorriso irônico:

– Caro amigo, não sou um homem de doutrinas. Sou apenas uma humilde abelha operária fazendo seu mel com muitas flores. Tenho grande admiração por seus escritos e pelos de seu amigo Friedrich Engels: vocês expuseram a hipocrisia dos economistas burgueses, que reduziram as ciências sociais às considerações de mercado, em nome

---

[3]   Terceira maior cidade da Suíça. (N. T.)

da chamada liberdade econômica; o senhor demonstrou de maneira irrefutável a iniquidade de nosso regime econômico, baseado na imensa acumulação de capital, de um lado, e na miséria dos trabalhadores, de outro. No entanto, também encontro ideias interessantes em Fourier, Proudhon ou Bakunin. Como sabe, fundei e dirigi durante anos uma cantina popular, a *Marmite*. Procedo com as nossas doutrinas como na minha cozinha: procuro integrar e combinar todos os ingredientes socialistas, acomodando-os no meu próprio molho. Eu me considero um socialista coletivista ou um comunista não autoritário.

Essa resposta agradou a Mohr:

– É com prazer que me associo, caro Varlin, à sua "Marmita" comunista. Que o povo possa se alimentar dessa saborosa culinária! Mas diga-me, caro amigo, o que poderíamos fazer, uma vez de volta a Londres, para ajudar a Comuna?

Varlin pensou por um momento. A proposta era interessante, mas exigia algum cuidado. Por fim, dirigiu-se a Pai, fazendo dois pedidos:

Primeiro: a Comuna tinha confiscado, no Banco Nacional, títulos no valor de alguns milhões de francos. Mohr poderia tentar negociá-los na Bolsa de Valores de Londres?[4]

Segundo: pediu ao amigo que escrevesse, com base em suas impressões da visita, um novo relatório da AIT em solidariedade à Comuna.

Pai assegurou-lhe que faria o possível para atender a esses pedidos. A seu ver, eles eram a menor das preocupações: a causa da Comuna era a do proletariado internacional!

Foi então que também tomei a palavra para abordar um assunto que me interessava de perto:

– Caro Eugène, você, que foi um dos primeiros sindicalistas franceses a exigir remuneração igual para mulheres e homens, de acordo com o princípio "trabalho igual, remuneração igual", o que pode fazer para garantir que a Comuna assuma essa reivindicação elementar de justiça social?

---

[4]   Marx não obteve sucesso na tentativa de atrair o interesse da Bolsa de Valores britânica por esses títulos. (N. E. F.)

Esse era um terreno no qual Varlin se sentia bastante à vontade e, por isso, me respondeu com total sinceridade: havia encontrado bastante resistência da parte de seus camaradas nessa questão – e não apenas dos proudhonianos "estritos". No entanto, ele os tinha convencido a fazer uma primeira concessão: a igualdade salarial para professoras e professores. Esperava ser capaz de ir mais longe na questão, mas isso dependeria em grande medida da capacidade das próprias mulheres de se organizarem e de lutarem por seus direitos. Nathalie Le Mel lhe havia dito que o assunto já estava sendo discutido na União das Mulheres.

Mohr retomou a palavra. Seu tom era sério e um pouco solene. Admitiu que a avaliação de Varlin sobre a situação militar muito o preocupava. Temia pelo futuro dessa experiência maravilhosa. Estava convencido de que todas as negociações haviam se tornado impossíveis: a camarilha burguesa, no poder em Versalhes, só deixaria à Comuna a escolha entre resistir ou capitular sem luta.

Dessa vez, Varlin não hesitou. Sua resposta foi imediata e categórica:

– Caro Marx, aconteça o que acontecer, posso garantir que a Comuna não capitulará sem resistência. O povo de Paris lutará implacavelmente, barricada por barricada, distrito por distrito, até o último cartucho. Nossa divisa sagrada é e continuará sendo "A Comuna ou a morte".

– Acredito em você. Graças à Comuna, a luta da classe operária contra a classe capitalista e seu Estado entrou em uma nova fase. Qualquer que seja o resultado da luta, obtivemos um novo ponto de partida de significado histórico universal.

– Você resumiu perfeitamente o alcance do nosso combate...

Novo silêncio se instaurou. Varlin retomou a palavra:

– Quem você já encontrou em Paris, além do nosso amigo Frankel?

Pai mencionou Élisabeth Dmitrieff e esse nome imediatamente despertou o entusiasmo de Varlin:

– Que mulher admirável! Que coragem, que energia, que inteligência! Léo e eu nos apaixonamos por ela... Qual será o próximo encontro?

Mohr explicou que, em breve, iríamos encontrar Louise Michel e aproveitou a oportunidade para lhe pedir uma autorização para seu clube.

Com sua melhor pena, nosso amigo imediatamente nos forneceu o documento solicitado.

Nós nos despedimos com um abraço cheio de emoção. Não pude conter minhas lágrimas.

Fiz anotações detalhadas sobre essa conversa profundamente sincera, humana e calorosa entre Mohr e Eugène Varlin. Mas deixamos a prefeitura com o coração pesado, preocupados com o destino da Comuna.

7
Encontro com Louise Michel

Na manhã seguinte, ficamos em casa. Pai fez algumas anotações. Fiquei bastante animada com o encontro que teríamos com Louise Michel, no 18º *arrondissement*, no final da tarde. Ao bater das 13 horas, Jean-François veio em busca de novidades. Sempre atencioso, ofereceu-se gentilmente para nos levar.

– Karl, Jenny, se quiserem, saímos agora, assim poderemos passear um pouco. A "carruagem" está pronta. Mas atenção, sob a condição inegociável de aceitarem meu itinerário!

Ele começou a rir. A ideia de ditar exigências a Marx parecia diverti-lo. Meu olhar pousou em meu pai, que ficou encantado com essa injunção. Na entrada da casa, nosso guia, sempre animado, fez uma pose teatral, como que nos avisando de que pretendia desempenhar seu papel até o fim.

– Avante, senhor e senhora! Vamos lá! Se tivéssemos o dia todo, eu começaria por Denfert, no 14º *arrondissement*, para mostrar a galeria das catacumbas. Mas vocês provavelmente preferem ficar sobre a terra, não é?

Riu novamente. À direita, na place d'Italie, pegamos o boulevard de l'Hôpital de la Salpêtrière para chegar ao cais no nível do Jardin des Plantes. Um gigantesco salão de metal ampliava de modo considerável a estação de Austerlitz. Cruzamos o Sena e subimos pela bacia do canal Saint-Martin até a Bastilha. Pai massageava mecanicamente o joelho e, com a palma da mão, bebia soro de leite. A praça estava lotada de gente.

Vendedores ambulantes gritavam oferecendo suas bugigangas. Eles abafavam as vozes uns dos outros, na esperança de vencer a concorrência e ultrapassar em volume sonoro os acalorados círculos de discussão sobre o preço do pão. Alguns discutiam ferozmente. Eu me perguntava quando o conflito ia estourar, mas Pai, não muito preocupado, parecia mais acostumado a esse costume dos proletários parisienses.

– A cultura da classe trabalhadora aqui é exuberante. Os trabalhadores sabem esculpir pedras, redigir artigos para jornais sindicais e até escrever poemas, mas também gostam de falar alto e, muitas vezes, com as mãos.

Então a maré humana nos engolfou do lado do boulevard Saint-Antoine. Percorremos nosso caminho entre os entregadores que vinham abastecer, com tapeçaria, papel de parede ou pedras, as oficinas que se sucediam a perder de vista. Pai meditava secretamente. Em 1844, esse bulevar era seu lugar favorito, onde se reuniam trabalhadores alemães exilados que tinham a sólida reputação de jamais levarem desaforo para casa. Eles estiveram envolvidos em todas as greves e em todas as insurreições parisienses. Os "ursos" do faubourg Saint-Antoine, como Engels os chamava.

Jean-François evitou a place du Trone, totalmente protegida pela Guarda Nacional, e continuou nossa jornada em direção ao Père Lachaise[1]. Uma procissão compacta nos paralisou por longos minutos. Um cortejo fúnebre subia continuamente a rue de la Roquette antes de entrar no cemitério. A multidão, vestida inteiramente de preto, tinha vindo enterrar seus mortos. O desfile silencioso se estendia até onde a vista alcançava, alinhado em boa ordem atrás de dezenas de caixões cobertos com bandeiras vermelhas. O povo de Paris apoiava as famílias de suas vítimas até que chegassem à vala comum. Uma banda marcial fechava a marcha com uma música pungente. Eu estava emocionada.

– Como vê, a cada dia que passa, choramos nossos mortos e tentamos homenageá-los com dignidade. Duas semanas atrás, havia centenas de

---

[1] Referência ao famoso cemitério.

Encontro com Louise Michel 89

milhares de nós desfilando do hospital Beaujon[2] até aqui. Versalhes vai pagar por essa infâmia de uma forma ou de outra.

Uma tristeza infinita se abateu sobre nós. Seguimos nosso caminho, deixando para trás a celebração do funeral, sem dizer uma palavra, antes de chegarmos a Ménilmontant. Em Belleville, ouvi meu pai murmurar baixinho: "Belleville e os primeiros banquetes comunistas de Cabet!". Para descontrair o ambiente, nosso fiel guia teve a ideia de nos apresentar a nova curiosidade da capital: o parque Buttes-Chaumont. Esse espaço verde fora totalmente aberto sobre as antigas pedreiras de gesso abandonadas. Era inquietante a impressão de passar após poucos metros da cidade para o campo.

Depois, a trote, nossa diligência improvisada por fim chegou à colina de Montmartre, onde tudo começou no dia 18 de março. Finalmente, após atravessar muitos becos, alguns rodeados de vinhas, voltamos ao bairro da Goutte d'Or.

Ainda não eram cinco da tarde quando Jean-François estacionou sua viatura no meio da rue de la Chapelle, em frente ao Comitê "Justiça de Paz". Ele então se despediu de nós, sem se esquecer de sugerir, discretamente, que poderia esperar o fim de nosso encontro com Louise Michel no café em frente. Achou Mohr um pouco cansado. Recusei sua gentil oferta porque não queria mais abusar de sua disponibilidade. Abrindo caminho, Pai e eu conseguimos passar pelo grupo de mais ou menos cinquenta pessoas que se apinhavam na porta da frente. No frontão desse antigo edifício municipal, um estandarte vermelho forrado de letras pretas anunciava: "Clube da Revolução". Quando chegou nossa vez, fui a primeira a passar, parando diante das quatro mulheres que protegiam a entrada com armas na cintura. Depois de cumprimentá-las, entreguei a carta de Eugène Varlin que nos recomendava à cidadã Louise Michel. A mais séria do grupo imediatamente pegou o papel, sem tirar os olhos de Mohr. Ela o mirava com desaprovação. Alguma coisa a incomodava. Estávamos em um clube de mulheres, e não em

---

[2] Até 1935, o hospital Beaujon se localizava no número 208 do faubourg Saint-Honoré, no 8º *arrondissement*, e não em Clichy, como hoje. (N. E. F.)

qualquer um, mas sim no do 18º *arrondissement*, cuja reputação chegara até Versalhes.

Nesse exato momento, questionei-me sobre a pertinência de nosso ponto de encontro. Por que escolher esse comitê em vez do liderado por Théophile Ferré, no número 41 da estrada de Clignancourt, reservado principalmente aos homens? Louise Michel participava das duas assembleias diariamente, ao menos enquanto os combates não a requisitavam nas muralhas. Não havia, portanto, nenhum obstáculo para encontrá-la no comitê de Ferré. Mas Varlin tinha sido categórico: a presença de Pai levantaria aqui menos suspeitas do que a minha lá. Eu confiava em sua decisão e intuição, cruzando os dedos para que seu precioso sésamo nos abrisse a porta. Após intermináveis idas e vindas entre a guarita de recepção e um escritório que tomava todas as decisões, a facção feminina acabou por nos deixar passar. A mais refratária à entrada de Mohr estava agora apaziguada, chegando a se desculpar pelo excesso de zelo devotado à sua missão. De nossa parte, porém, não tínhamos nada a dizer sobre essa vigilância legítima.

Uma jovem, de rosto jovial e bochechas coradas, nos convidou a uma pequena sala que dava para a rua. Poucos minutos depois, voltou para nos oferecer algo para beber enquanto aguardávamos a cidadã Louise Michel, que poderia se atrasar. Era preciso ter paciência. O tempo passava e nosso silêncio resignado sugeria que o encontro talvez não ocorresse. Imaginei que Pai poderia estar se perguntando, como eu, qual o sentido de nossas incessantes discussões com todos aqueles *communards* que tinham coisas muito mais urgentes a fazer que responder às nossas perguntas e hipóteses. Esse era o limite que se impunha à nossa visita secreta a Paris. A precaução política impedia que nos envolvêssemos na vida parisiense, já que não se podiam descartar os riscos de que essa "ingerência" fosse utilizada por Versalhes para desacreditar a Comuna. Possibilidade que já nos fizera hesitar em atravessar o Canal da Mancha. Daí o estatuto de observadores que ninguém contestava, ainda que, no âmbito pessoal, a situação de testemunhas eternas frustrasse minha vontade de participar e, sobretudo, de lutar. Mas, acima de tudo, nem Pai nem eu queríamos

Encontro com Louise Michel 91

impedir o bom andamento das coisas, roubando dos revolucionários o tempo precioso para a ação.

Mohr estava prestes a desistir quando o som dos freios de uma carruagem reacendeu nossa esperança. Era ela. Louise Michel. Sua descida rápida do assento do cocheiro indicava que era uma mulher apressada. No entanto, seus gestos não revelavam nenhuma precipitação. Ela parecia querer dominar o ritmo do tempo mesmo quando este ameaçava escapar-lhe. Cada instante contava, e, por isso, antes de qualquer outra atitude, ela passou longos segundos agradecendo aos cavalos, acariciando suavemente suas crinas. Então, seguida de perto por uma mulher armada, avançou em direção à brigada de guarda. Todos se abraçaram, como se se tratasse de um reencontro há muito esperado.

A despeito de sua aparência frágil, Louise Michel era imponente e sua figura exalava uma presença muito mais pujante que a sugerida por seu corpo magro. Era estranho, como se uma espécie de potência benevolente e de aura natural emanasse dela espontaneamente. Muito se falava a seu respeito, mas devo dizer que a imagem de uma professora laica e austera, ostentando sua eterna blusa preta, absolutamente não condizia com a da mulher que tivemos o prazer de conhecer naquele dia. E tampouco com a da Virgem Vermelha ou da Joana d'Arc da Revolução, que mentes estreitas propalavam a seu respeito. Era uma autêntica guarda nacional que estava prestes a se juntar a nós. Quepe à cabeça, vestia um uniforme obviamente já usado em combate e ostentava um fuzil Remington pendurado debaixo do braço. Terminados os abraços, um de seus acólitos sussurrou-lhe ao ouvido algumas palavras. Ela imediatamente veio em nossa direção, com passadas que não ocultavam seu andar manco.

— Bom dia, perdoem-me pelo transtorno, mas voltamos dos fortes, onde a guerra nos reteve. Fazia mais de uma semana que não colocava os pés em Paris. Bem-vindos ao nosso comitê de vigilância. Confesso que, quando Varlin me contou que vocês estavam de passagem pela capital e gostariam de falar comigo, pensei que fosse uma piada. Karl Marx, o próprio, e sua filha, Jenny! Quem poderia acreditar? Estou um pouco surpresa... Em que posso ajudá-los?

Sua voz estava calma, até mesmo apaziguante para quem acabava de voltar da frente de combate. Aquele sangue-frio inspirava confiança. Seus lábios finos mal se moviam enquanto falava, mas cada uma de suas palavras saía de forma clara e impactante. Ela tirou o quepe, revelando o cabelo castanho puxado para trás e uma testa esguia que não indicava sua idade. Seus olhos brilhavam de inteligência e seu rosto encarnava a generosidade. Eu estava pasma. Pegando Mohr desprevenido, respondi em nome de nós dois.

— Somos nós que gostaríamos de poder apoiá-los de uma forma ou de outra. Viemos para compreender melhor a dinâmica da insurreição a fim de fornecer, na medida do possível, o apoio internacionalista que ela merece. Sem retê-la por muito tempo, já que tem outras coisas a fazer, queríamos conhecê-la. Nossos amigos falam bastante de você.

— Vocês me deixam honrada, mas sou apenas um indivíduo entre os muitos combatentes da Comuna. Uma única gota d'água em um oceano humano que, felizmente, agora está rugindo. A multidão muda de ontem fala alto hoje. É um acontecimento admirável. Os miseráveis sem pão, sem roupa e sem teto finalmente enlaçam as mãos. Vocês sabem, carregar a tocha da justiça não é uma coisa fácil, mas é uma tarefa necessária se quisermos fazer com que o mundo novo finalmente veja a luz. A humanidade passou a vida na dúvida, ignorando sua própria força. Hoje, Paris está povoada por grandes caçadores de estrelas. Acreditem, aqui não sou nada, a Comuna é tudo, repleta de uma multidão de heróis que estão escrevendo, por meio de suas ações, as lendas dos tempos que surgem. Versalhes pretende destruir nosso sonho. Mas estamos esperando por eles com firmeza, nossas baionetas estão prontas nas mãos de todo um povo, como espigas de milho. E mesmo que nos exterminassem um por um, nunca poderiam matar a liberdade com chumbo e canhão. Quebramos as correntes desse passado cruel que pesava sobre nossos ombros. E sentimos o gosto disso. Nenhum homem deseja ser acorrentado de novo, nenhuma mulher tampouco. Mas é preciso vencer a guerra, antes de tudo, se quisermos realizar nossos sonhos. Você entende, Jenny?

— Claro, mesmo porque as apostas são altas. Saiba que o mundo está de olho em vocês e que muitos proletários se identificam com a luta que estão travando. E aplaudem o papel desempenhado pelas mulheres neste levante. No dia 18 de março, a ação de seu comitê parece ter sido decisiva para o início da revolução.

– Na verdade, nossa única coragem foi a de alertar os subúrbios e soar ao alarme. A maré popular não precisou de ninguém para subir implacavelmente e submergir toda a capital. Se as mulheres se mostraram mais prontas a atender ao chamado, é porque agem de forma instintiva, não se deixando paralisar por cálculos políticos que desestimulam a espontaneidade imanente dos oprimidos. Elas lutam com determinação, sem esperar nada em troca, a não ser a libertação de todas e de todos. O velho mundo queria fazer das mulheres uma casta subalterna. O novo mundo, ao contrário, nos vincula à humanidade livre na qual cada ser finalmente tem seu lugar. No dia 18, fomos como que ressuscitadas, uma multidão de mulheres levadas à vanguarda pela maré humana. Se Versalhes tivesse tantos inimigos entre os homens quanto entre as mulheres, a reação seria esmagadora. As mulheres, esses seres tidos como de coração frágil, sabem dizer "É preciso fazê-lo!", permanecendo impassíveis, sem ódio, sem raiva, sem piedade de si mesmas ou dos outros, sangrem ou não seus corações.

– Como seu movimento conseguiu desempenhar esse papel?

– Ao longo do tempo. Nosso comitê é o fruto político dos anos que antecederam a Comuna, período em que Paris estava tomada por clubes, tribunas, assembleias e manifestações. A lava da Comuna ardia sob a cratera do Império, antes que o vulcão entrasse em erupção em 18 de março. E nós fizemos parte desse magma desde o início, nos organizando entre mulheres. Como poderia ser diferente? O escravo é o proletário, a escrava entre todos é a esposa do proletário.

Ela finalizou a frase com um sorriso entre conivente e sério. Varlin tinha nos contado sobre seu passado. Desde o início da década de 1860, vários professores, incluindo ela, começaram a compartilhar seu ideal de liberdade durante as aulas de instrução elementar ministradas em uma pequena sala na sociedade da rue Hautefeuille. Sem o saber, esse pequeno grupo de mulheres participaria, à sua maneira, do levante que abalava com contundência a sociedade francesa, pelo simples fato de terem decidido colocar em prática sua aspiração por justiça social por meio de experiências concretas de solidariedade. Primeiro no externato da rue des Cloÿs, em 1865, depois na escola da rue d'Oudot, em 1868, e enfim com a fundação da sociedade democrática de ajuda às operárias, no ano seguinte. Seu envolvimento não se limitava mais a oferecer aulas gratuitas na escola profissional da rue Thévenot: estendeu-se muito além dos limites das instituições escolares. Confrontadas com a pobreza e sua devastação, elas saíram espontaneamente em ajuda das crianças carentes, muitas vezes órfãs. Como a pobreza não é inata, chegara a hora de atacar a raiz do problema. Pouco a pouco, elas foram interferindo nas várias engrenagens da vida pública e democrática parisiense. Foi assim que, ao lado de sua amiga Marie Ferré, Louise Michel tornou-se presença frequente nas reuniões políticas do 18º *arrondissement*. Seu engajamento era de longa data.

– Quando vocês lançaram o comitê republicano de vigilância das cidadãs?

– Logo após a queda do Império, sobretudo para organizar a solidariedade concreta; num primeiro momento, distribuindo sopas e refeições às pessoas mais pobres. Depois, fomos assumindo várias tarefas. A guerra nos tornou paramédicas e a Comuna, combatentes. E aqui estou eu, membro do 61.º Batalhão de Marcha de Montmartre. Na verdade, Jenny, aprendemos que para viver precisamos também nos preparar para morrer.

Pai, que ainda não interferira na discussão, pigarreou alto o suficiente para nos lembrar que também estava lá.

– Sua determinação é absolutamente salutar. Sinceramente. Ontem, Élisabeth Dmitrieff nos fez esse mesmo discurso...

– Ótima notícia, então.

– Por quê? Você tinha dúvidas?

– De forma alguma. Tenho o maior respeito por todas as mulheres da Comuna. Pelas da place de la Corderie também. Em particular pela senhora Lemel, da câmara sindical dos encadernadores, que com sua "Marmita" revolucionária impediu que tantas pessoas morressem de fome durante o cerco. Um verdadeiro *tour de force* de dedicação e inteligência. Ouvi dizer que a União das Mulheres está querendo comprar armas. Concordo plenamente com essa medida: não será suficiente costurar os uniformes da Guarda Nacional, será necessário também saber vesti-los. E não tenho dúvidas de que, em breve, nos encontraremos com elas nas barricadas.

– Qual é sua análise da situação militar?

– Extremamente preocupante. O exército da Comuna não é nada perto do de Versalhes. Devemos unicamente à nossa bravura o fato de resistirmos por tanto tempo. Existem muito poucos soldados profissionais em nossas fileiras e temos uma enorme falta de experiência. Também falta determinação política. Somente uma ofensiva total sobre Versalhes pode triunfar. Desde o lançamento fracassado do 3 de abril, sabemos que meias medidas nos levam ao fracasso. Desde o dia 5, as baterias do sul e do oeste, montadas pelos alemães durante a guerra contra Paris, estão sendo utilizadas pelos versalheses. O reduto de Moulineaux e o forte d'Issy são constantemente tomados e retomados. De Asnières a Passy, se desenha uma fronteira perigosa na qual os versalheses nos atacam dia após dia. Todo o Oeste foi varrido por balas, da porte Maillot aos Champs-Elysées. Pude ver com meus próprios olhos a capacidade de sacrifício dos nossos soldados, nas fortificações em Issy, na estação de Clamart ou na barricada Peyronnet, em Neuilly. Prédios estão destruídos, casas em ruínas, cadáveres espalhados pelo chão. Quanta desolação! Quantos jovens vi cair sob aquelas horríveis balas explosivas! Penso naquele infeliz que recebeu um desses projéteis em pleno rosto, nas trincheiras de Hautes Bruyères. Nossa linha de frente resistiu ao preço de trágicas perdas de vidas... enquanto a retaguarda se perdia em discussões sobre a competência da prefeitura. Enquanto falamos de revolução, Versalhes age e guerreia contra nós.

– Você não acha que a revolução e a guerra são, no fundo, as duas faces da mesma moeda? A ofensiva militar contra as tropas de Thiers, que você defende e com a qual concordo plenamente, não aponta para a necessidade, no terreno político, de se expropriar totalmente o Banco da França em vez de negociar com ele, por exemplo?

– Sim, provavelmente. Tanto mais que nosso maior erro até agora foi o de não ter enfiado a estaca no coração do vampiro financeiro. O Banco da França, o verdadeiro refém, está debaixo de nossos narizes e não o tocamos. Até que ponto a revolução e a guerra estão interligadas? Difícil avaliar. Vejo que você não se cansa de querer superar as contradições graças aos milagres da dialética. Tudo isso tem sua parcela de verdade. Acontece apenas que alguns de nossos debates intermináveis sobre o futuro acabam paralisando nossa ação presente. Deveríamos ter marchado em direção a Versalhes desde o início.

– Estamos absolutamente de acordo neste ponto e não diminuo a importância de se vencer a luta em todas as frentes. Entendo o que você diz. Especialmente porque, no domínio da guerra, parece que você tem uma reputação sólida. *A Causa do Povo* de 14 de abril diz que, depois de ter lutado bravamente em Moulineaux, você foi ferida no forte de Issy. Nada de grave, espero?

– Um simples arranhão nos pulsos. Nada que mereça tal informação. Lá, vi corpos estripados e mutilados, crânios despedaçados. Tantos heróis morrendo pela causa! Você sabe, os rumores são abundantes, para o melhor ou para o pior. Versalhes sustenta que viajo de carruagem só porque tive de requisitar esta bonita charrete graças a uma torção no tornozelo que me impede de andar. Não tenho vergonha do que sou e, sinceramente, acredito que posso dizer que não sou um mau soldado...

Eu escutava com atenção e orgulho essa conversa entre Pai e Louise Michel. Tinha a mais profunda gratidão por essa mulher. Suas explicações me tocavam e suas histórias me fascinavam. Permiti-me também uma pequena digressão, imediatamente rejeitada por Mohr com um olhar de censura.

– Peço desculpas pela indiscrição, mas é verdade que depois da manifestação contrarrevolucionária do 22 de março você tentou matar Thiers pessoalmente, em Versalhes?

Minha transgressão da autoridade paterna a fez sorrir. Cúmplice, ela me respondeu sem rodeios, com uma voz nostálgica e um pouco desenvolta.

– Cara Jenny, os meus camaradas blanquistas Raoul Rigault e Théophile Ferré conseguiram me dissuadir. A história dirá se eles estavam certos ou não. Não resisti à ideia de ir lá, disfarçada e irreconhecível, para ver como era o quartel-general da Reação. E vi. Quantos horrores, absurdos e mentiras ouvi contra nós! A um jornaleiro que me falou de seu ódio pela Comuna, tive grande prazer em dizer todas as coisas abomináveis que pensei de Louise Michel. Depois voltei, deixando esse monstro de Thiers dormir profundamente. E para ser sincera, isso não me alegra muito.

Sua frase nos deixou pensativos. O relinchar dos cavalos e alguns gritos chamaram nossa atenção. A agitação vinha da entrada. Louise Michel abriu imediatamente uma das duas grandes janelas da sala onde estávamos. Eram os cavalos de sua charrete que se impacientavam. Ela então deu uma instrução firme, mas sem levantar a voz: "Trate os cavalos com correção e honestidade, acalme-os, mas não os brutalize, você sabe quanto isso me horroriza!".

– Desculpe, a crueldade com os animais me revolta tanto quanto o sofrimento humano. Onde estávamos?

Pai aproveitou o incidente para recuperar o controle e prosseguir no tema principal.

– Dizíamos que a orientação política da Comuna e sua estratégia militar provavelmente estavam ligadas entre si. A proibição do trabalho noturno de padeiros, as cooperativas administradas por trabalhadores, a eleição e a remuneração de funcionários eleitos ao nível dos salários dos trabalhadores, não são todas essas medidas munições disparadas contra o capital?

– Sim, claro. Você pode adicionar à lista a supressão da venda de itens da Casa de Penhores, a abolição do orçamento dos cultos e da conscrição, o confisco de bens de *mainmorte*[3], a pensão alimentícia para

---

[3] Os bens de *mainmorte* eram assim denominados porque escapavam ao direito sucessório comum. É o caso das igrejas, dos conventos, dos hospitais e/ou das coletividades públicas. A origem da expressão remonta à Idade Média, quando designava o direito dos senhores de, após a morte do servo, ficar com seus bens. (N. T.)

os feridos e as viúvas... A Comuna tem sede de tudo: igualdade entre todos, respeito pelos direitos inalienáveis da humanidade, mas também o compartilhamento da criação artística e literária ou do conhecimento científico. O povo está ansioso para escapar do velho mundo, por todas as saídas que encontrar. Sim, Paris, capital da humanidade, finalmente respira. Mas Versalhes está prestes a nos sufocar novamente, com um banho de sangue se necessário. São as balas dos nossos fuzis que os matarão, muito mais que nossas reformas políticas, que nunca verão a luz do dia em caso de derrota militar.

Esse é um argumento difícil de contestar. Eu só queria ouvir de você sobre o aspecto singular e inovador dessa revolução. Ela frustra todas os prognósticos políticos considerados em nossos debates dentro da AIT, de onde vêm, aliás...

– Talvez porque a liberdade e a justiça não sejam uma questão de programa preestabelecido. Blanqui está certo ao dizer que nenhuma força de pensamento pode antecipar esse tipo de criação humana. No máximo, podemos preparar o berço do novo mundo, mas ninguém pode prever ou desenhar as qualidades do desejado. Façamos a revolução e depois veremos. Eu ainda ouço dizer: "Destruamos a velha sociedade e encontraremos a nova sob os escombros!".

– Você é blanquista?

– É o que dizem de mim. Meus amigos mais próximos o são, mas desconfio dos rótulos. Tenho a mais profunda admiração por aquele a quem as pessoas respeitosamente chamam de "Encarcerado", condenado que foi a longos anos de prisão após a insurreição do 12 de maio de 1839. Aprecio sua determinação de ferro, sua coragem inabalável e seu desinteresse pessoal pelas intrigas institucionais. Ele é um daqueles que nos ensinaram a resistir, mas também a querer vencer a guerra declarada pelos ricos contra os pobres. "Sim senhores, esta é a guerra entre ricos e pobres e foram os ricos que assim o quiseram!", repete ele incansavelmente. Em agosto, foram seus partidários que buscaram acelerar a história, estabelecendo a República sem esperar pela autodesintegração do Império. Foi por pouco que não conseguiram apreender as armas no depósito da Villette. Émile Eudes, conhecido como "o General", e Gabriel Marie Brideau, condenados à morte pelo ataque, foram salvos por pouco, graças à derrota de Sedan, fatal para o Império. Em setembro, estivemos com Blanqui em frente à prisão de Cherche-Midi para recebê-los em sua libertação. Em 31 de outubro e, depois, em 22 de janeiro, demos juntos o primeiro tiro na tentativa de proclamar a Comuna por nossa própria iniciativa, em vez de esperar que os versalheses nos obrigassem a fazê-lo atacando-nos, como finalmente foi o caso em março. De Blanqui, aprecio especialmente seu voluntarismo. Ele acabou pagando por isso.

– É inegável. Sua prisão e sua ausência também representam um problema para a liderança da Comuna. Reconheço prontamente que, se nos últimos anos o proletariado se reagrupou em torno do socialismo revolucionário e do comunismo, a ação de Blanqui tem muito a ver com isso. Aos olhos da burguesia francesa, o comunismo leva o nome de Blanqui. No entanto, você não acha que o levante de 18 de março nos obriga a reajustar nossas análises políticas? A Comuna não parece comparável às tentativas de insurreição ocorridas no passado; é o ato do povo e do proletariado, mais do que de uma minoria armada para derrubar o poder. É a prova viva de que uma maioria consciente pode assumir o comando da sociedade por sua própria conta...

– Isso o surpreende? A emancipação dos trabalhadores não é obra dos próprios trabalhadores? Você conhece melhor do que eu essa bela máxima do AIT, me parece...

– Talvez alguns da AIT a tenham perdido um pouco de vista.

– Isso não sei e tomarei cuidado para não emitir nenhum julgamento a respeito. Tanto mais que sempre considerei a sede da AIT, na Maison de la Corderie, um templo, o templo da Paz do mundo em liberdade. Muitos companheiros são membros da Internacional pela simples razão de que ela representa, melhor do que ninguém, a voz da liberdade que sopra no mundo há vários anos, gritando para além das fronteiras as reivindicações dos deserdados. Mas devo confessar que as brigas intermináveis e a discórdia ideológica incessante me fizeram optar pelo caminho mais praticável dos clubes, dos comitês de bairro e das frentes de batalha. É nesses lugares que o fogo da revolta dos pobres arde como uma labareda, longe dos debates políticos sem fim sobre as questões de poder, que produzem muita fumaça.

– O desfecho da luta, entretanto, depende em parte do desdobramento dessa questão. Blanqui propôs em alguns de seus escritos uma ditadura revolucionária. O que você acha?

– A ditadura, seja ela qual for, me parece em desacordo com nossa reivindicação de liberdade universal para a humanidade.

– Que seja, mas a Comuna é uma nova forma de poder que busca extinguir a si mesmo, livrando-se dos obstáculos burocráticos do aparelho estatal.

– Um poder autoextinguível? Eu duvido.

– Nada está escrito de antemão, mas creio que a Comuna é uma grande novidade, a concretização da tomada do poder pelos próprios trabalhadores. Uma forma de emancipação finalmente encontrada. Há poucos dias, escrevi a Kugelmann que, no último capítulo de meu *18 de Brumário*, previ que "o próximo assalto revolucionário não deverá se concentrar na passagem da máquina burocrática para outras mãos, como tem sido o caso até agora, mas sim em sua destruição". O aparelho de Estado é uma jiboia que sufoca a sociedade civil e, por isso, a classe operária parisiense está prestes a se desfazer dele.

– Você está sendo muito otimista. Por enquanto, o poder, mesmo o nosso, traz muito mais problemas do que soluções.

– Você concorda com o argumento dos anarquistas?

– Quem sabe? Admito me inclinar mais para a liberdade ilimitada do que para o exercício do poder, que me parece amaldiçoado...

Um silêncio educado e respeitoso se estabeleceu entre Louise Michel e Mohr. Ambos estavam atentos aos argumentos um do outro e sabiam, no fundo, que a discussão acabava de definir a extensão dos acordos e desacordos entre eles.

Lá fora, a multidão estava animada. O povo parisiense estava determinado a manter a rue de la Chapelle bem viva até o anoitecer. Louise Michel acompanhou essa efervescência com alguns versos que lhe vieram à mente:

Ó povo, só ele não engana jamais
Quando, de olhos fixos, de pé em sua praia sagrada
E pensativos, esperamos a hora de sua maré[4].

– Victor Hugo, não é?

– Sim, nunca me canso desses poemas.

Alguém bateu na porta. Uma mulher entrou timidamente na sala, fazendo um sinal para Louise Michel: ela estava sendo chamada ao gabinete do Comitê. Pai levantou-se para deixar Louise Michel – que precisava partir – à vontade.

– Obrigado pela disponibilidade e também pela franqueza. É uma honra ter tido a oportunidade de conversar com você. O futuro nos dirá o que acontecerá com nossos diferentes pontos de vista. Tenha cuidado e coragem para a luta que a espera!

– Obrigada a vocês dois. Desculpe por nossa conversa ter sido tão rápida. É verdade que meu coração e minha alma estão envolvidos na ação agora. Veremos o que o amanhã nos trará. A depender da vitória ou da derrota da Comuna. Quanto às filiações partidárias, na minha opinião, elas deveriam permanecer em segundo plano. Para dizer a verdade, não me sinto pertencente a nenhum grupo, mas a todos, desde que se voltem contra o maldito edifício da velha sociedade, seja com a picareta, a bomba ou o fogo.

Em seguida, ela saiu para se juntar a seus camaradas. Pai e eu saímos do perímetro, caminhando pela Goutte d'Or à procura de um coletivo que pudesse nos levar de volta à casa de Léo. Nenhum de nós ousava mencionar esse encontro improvável. Pergunto-me se realmente aconteceu.

---

[4] No original: "*Ô peuple, seulement lui ne trompe jamais/ Quand l'œil fixe, et debout sur sa grève sacrée,/ Et pensif, on attend l'heure de sa marée*". (N. T.)

A família Marx e Friedrich Engels.

8
O retorno a Londres

No dia 19 de abril, o tempo estava muito bom. Pai queria dar um passeio no jardin du Luxembourg, que conhecera durante sua estada em Paris nos anos 1843-1844. Nós fomos a pé, pegando a rue de la Glacière e o boulevard de Port-Royal, até chegar a esse lugar magnífico, sempre cheio de parisienses ansiosos para respirar um pouco de ar puro. Estudantes do Quartier Latin, trabalhadores de bairros populares e mães com seus filhos dividiam os bancos e gramados, numa alegre mistura. As castanheiras estavam floridas e ouvíamos, aqui e ali, o canto alegre de diferentes espécies de pássaros: Paris na primavera é tão radiante que gostaríamos de ficar mais algumas semanas aqui.

De repente, uma personagem curiosa, meio pequeno-burguês, meio lúmpen, aproximou-se de nós e disse a Mohr: "Desculpe, o senhor não é o publicista alemão Karl Marx, exilado em Londres?". Pai respondeu com calma, mas com firmeza: "Sinto muito, mas o senhor está enganado. Não sei do que está falando. Sou um comerciante inglês de tecidos, visitando a França a negócios". Seu inglês era impecável, é verdade, mas com um pouco de sotaque alemão... Fomos embora, sem esperar resposta.

De volta à casa, Mohr relatou o incidente a Léo, que ficou visivelmente preocupado: "Ele provavelmente é um delator, os versalheses têm uma camarilha inteira a seu serviço, infiltrada nas ruas de Paris". Pai não parecia dar grande importância a esse encontro desagradável.

Léo retomou a palavra sobre outro assunto:

– Nosso camarada Auguste Serraillier, delegado da Internacional na França, deseja encontrá-lo. Como você deve saber, ele é objeto de calúnias infames por parte de Félix Pyat.

– Sim, discutimos isso no Conselho-Geral e vamos denunciar publicamente as intrigas covardes do cidadão Pyat. Essa personagem é um daqueles indivíduos espalhafatosos que, à força de repetir por anos a mesma série de declamações estereotipadas contra o governo, se fazem passar por revolucionários. Eles são um mal inevitável; mas logo ficaremos livres deles. Esperemos que a Comuna tenha tempo[1]. Para mim seria um grande prazer rever Serraillier.

No dia seguinte, porém, Léo voltou muito agitado de seu trabalho na Comissão de Finanças:

– Os versalheses espalham o boato de que o prussiano vermelho Karl Marx, principal líder da AIT, está secretamente em Paris. O prussiano seria o titereiro que puxa os cordões, os líderes da Comuna apenas obedecem às suas ordens, são fantoches a serviço de uma conspiração internacional. Caro Karl, você está em perigo e... nós também. A sua presença em Paris tornou-se uma ameaça tanto para a sua segurança quanto para a imagem da Comuna. Acho que chegou o momento de vocês voltarem para Londres...

Pai pensou em silêncio por alguns minutos. Mas acabou por se render às evidências:

– Léo, você está certo. Temos de ir. Faremos as malas imediatamente. Avise Jean-François que amanhã pegaremos o barco para Dover, às 2 horas da tarde. Não quero de forma alguma prejudicar a Comuna com minha presença aqui. De qualquer maneira, consegui reunir uma grande quantidade de documentação, que me permitirá escrever o relatório para o Conselho da AIT. Gostaria de encontrar mais alguns amigos, como o bravo Auguste Serraller. Mas isso seria uma imprudência e um equívoco. Nós partiremos...

Fizemos as malas rapidamente e compartilhamos uma última refeição parisiense com Léo, que dessa vez nos preparou um prato bem

---

[1] Eleito membro da Comuna pelo 10º *arrondissement*, Félix Pyat, oponente da AIT, absteve-se de participar da luta de maio de 1871, fugindo para a Inglaterra. (N. E. F.)

francês: um *bœuf bourguignon*... Depois do café com algumas gotas de *calvados*, sentamo-nos na sala: nós dois em um velho sofá dilapidado, mas confortável, e Léo em uma poltrona ligeiramente rasgada, na qual passou vários minutos enchendo seu cachimbo.

Mohr e Léo passaram a noite discutindo o futuro da Comuna. Eu estava cansada e preocupada, mas fiz anotações. Minha angústia era tanto pelo destino incerto dessa maravilhosa experiência revolucionária quanto pelas ameaças à vida de Charles, meu "noivo".

Léo estava preocupado com a campanha de propaganda de Versalhes:

– Thiers e sua camarilha nos acusam de "comunismo": o que deveríamos responder?

– Caro Léo, é preciso assumir! Afinal, é mesmo verdade que a Comuna almeja a expropriação dos expropriadores para transformar os meios de produção, a terra e o capital, hoje essencialmente meios de trabalho escravo, em instrumentos do trabalho livre e associado. De fato, até agora, ela apenas incentivou a criação de algumas cooperativas; mas se todas as associações cooperativas regulassem a produção segundo um plano comum, colocando-a sob seu próprio controle, em detrimento do sistema capitalista de propriedade, que seria isso senão o comunismo, o "impossível" comunismo?

Léo ouvia, mas seu leve sorriso sugeria que achava a narrativa de Mohr um pouco exagerada:

– Certamente, mas só demos alguns passos tímidos, permitindo que os trabalhadores recuperassem as empresas abandonadas...

– Léo, a maior medida social da Comuna é sua própria existência. Suas medidas particulares podem apenas indicar a tendência de um governo do povo para o povo. Com sua existência, ela dá provas de vitalidade e confirma a teoria agindo. A Comuna assumiu a liderança de toda a Europa, não se apoiando na força bruta, mas liderando o movimento social, dando corpo às aspirações da classe trabalhadora em todos os países.

– Compartilho totalmente seu ponto de vista. É mesmo essa vocação emancipatória que constitui a força política e moral da Comuna de Paris. Mas temo que nossa força militar, que não é de forma alguma brutal, seja insuficiente em face da ameaça representada pelo exército regular de Versalhes, reforçado pela libertação, por Bismarck, dos prisioneiros do exército bonapartista.

— É verdade, Léo... A Paris da Comuna, a Paris que trabalha, que pensa, que luta, que sonha, radiante no entusiasmo de sua iniciativa histórica, ao tentar fazer germinar uma nova sociedade, quase esquece os canibais que estão às suas portas! Esses traficantes de escravos no poder em Versalhes, em torno de Thiers, conspiram contra o povo e sonham afogar a Comuna em sangue. Também estou preocupado: as barricadas nas ruas de Paris conseguirão impedir o avanço dos canhões de Versalhes? Varlin acredita que, como em 18 de março, algumas da linha de frente vão capitular... Se Engels estivesse aqui em meu lugar, talvez pudesse ajudá-los: nosso "general" tinha preparado um plano para libertar Paris, mas parece que esse documento se extraviou.

Foi a minha vez de falar:

— A Comuna precisará de todas as forças disponíveis do povo parisiense. É uma pena que as mulheres não sejam aceitas como combatentes... Não lhes faltam nem coragem nem determinação.

Pai, que raramente me contradizia, apoiou calorosamente meu argumento:

— Você está mil vezes certa, Jennychen! Devo dizer que fiquei impressionado com as mulheres parisienses. Não só graças ao nosso encontro com essas duas admiráveis revolucionárias que são Élisabeth Dmitrieff e Louise Michel, mas por tudo o que pude perceber durante as conversas e passeios na Paris insurgente. As mulheres da Comuna são heroicas, nobres e devotadas como as da Antiguidade. Não foram admitidas na Guarda Nacional, mas estou convencido de que, na hora do perigo, muitas delas estarão nas barricadas.

Enquanto dava longas baforadas em seu cachimbo, Léo nos contou sobre outro assunto que o preocupava:

— A camarilha de Versalhes acusa os camaradas da AIT de serem os dirigentes secretos da Comuna, obedecendo às ordens de Londres. Devemos desarmar essa propaganda insidiosa, que tem tido alguma influência entre a população. O que você acha, Karl?

Pai pensou por alguns momentos; estava procurando a melhor resposta. Finalmente falou, com certa solenidade:

– Léo, a esse respeito, como sobre o comunismo, não devemos nos envergonhar dos nossos engajamentos. Estamos orgulhosos do papel eminente que as seções parisienses da Internacional desempenham nesta gloriosa revolução. A flor da classe operária de todos os países, que adere à Internacional e está imbuída de suas ideias, encontra-se em toda parte à frente dos movimentos de revolta dos explorados. Na verdade, seja qual for a forma e as circunstâncias em que a luta de classes se concretizar, é natural que os membros da AIT estejam na primeira fila. É raro alguma traição ao nosso movimento, como a de Tolain, e sem dúvida ele será expulso da Internacional.

Léo ouviu atentamente, mas era visível que não tinha ficado muito feliz com a resposta:

– Compartilho esse orgulho de ver nossos camaradas entre os combatentes mais ativos da Comuna. Mas devemos responder às calúnias dos versalheses, que nos apresentam como conspiradores das sombras...

Em sua resposta, Mohr adotou o tom sarcástico que lhe era característico quando se tratava dos "escravistas" de Versalhes:

– Você está certo, Léo. A compreensão burguesa, embebida de espírito policialesco, naturalmente imagina a AIT como uma espécie de conspiração secreta, cuja autoridade central ordena, de tempos em tempos, explosões em diferentes países. Esses idiotas pensam que Londres está dando "ordens" à seção parisiense da Internacional. Mas basta mencionar as resoluções da Internacional de antes do 18 de março para mostrar a todos que o Conselho Geral da AIT não previu, muito menos "liderou", o levante que conduziu à Comuna.

Com essa conclusão realista, nos separamos: já era tarde e o dia seguinte se anunciava cansativo. No início da manhã do 20 de abril, Jean-François nos esperava com a charrete:

– É uma pena que vocês tenham que partir agora. Tudo estará decidido nas próximas semanas, vamos esmagar os versalheses e a Comuna se espalhará por toda a França.

Estávamos longe de compartilhar o otimismo entusiasmado de nosso jovem amigo, mas nos abstivemos da polêmica.

Muito emocionado, Léo despediu-se de nós:

– Se triunfarmos, queridos Karl e Jenny, vocês serão convidados pela Comuna para se estabelecerem em Paris! E se morrermos nas barricadas, que a Internacional honre nossa memória...

– Esperamos que a Comuna vença, Léo. Porém, em caso de derrota, lembre-se de que sua vida é preciosa para nós, seus amigos, mas também para toda a Internacional. Você deve viver e continuar a lutar. Se a batalha estiver perdida, você deve escapar dos versalheses e exilar-se em Londres[2].

Sem esperar pela continuação dessa conversa, que lhe parecia muito sombria, Jean-François chicoteou os cavalos e a charrete partiu. Esse foi o fim de nossa visita clandestina a Paris; uma experiência única que Mohr e eu nunca esqueceremos, mas que manteremos em segredo.

Algumas horas depois, chegamos a Calais. Jean-François nos deixou em frente ao posto fronteiriço e voltou a Paris, depois de ter nos abraçado muito calorosamente:

– Vocês voltarão, tenho certeza! Serão convidados da Comuna e nós os tornaremos cidadãos honorários de nossa República Social.

Respondi, com emoção:

– Muito obrigado, caro Jean-François, pela sua ajuda, pela sua amizade, pelo seu entusiasmo! Com combatentes como você, a Comuna vencerá!

Assim que a charrete partiu, nos apresentamos diante do controle policial, sem muita preocupação, pois tínhamos bons passaportes ingleses em nome de John e Sarah Richardson. Felizmente, o sinistro barão Desgarre não estava lá e o policial atrás da mesa de controle carimbou nossos passaportes sem muita dificuldade, devolvendo-os para nós.

No entanto, alguns segundos depois, alguma coisa repentinamente voltou à sua memória. Disse várias vezes: "Richardson, Richardson...".

---

[2] Foi o que ele efetivamente fez, mas apenas no instante final, depois de ter lutado na última barricada da Comuna. (N. E. F.)

O retorno a Londres **109**

Dirigindo-se a nós, ordenou: "Esperem alguns minutos aqui, tenho que consultar o coronel" e foi até outro escritório. Mohr e eu trocamos olhares surpresos e preocupados: ele sabia de alguma coisa? Se descobrissem a identidade do Pai, ele corria o risco de acabar como Duval e Flourens, fuzilado sem julgamento...

Estávamos no andar térreo e a porta de saída da sala de controle era protegida por um guarda armado. O que fazer? De repente, a distância, os gritos de um confronto foram ouvidos: aparentemente, dois soldados bêbados estavam se enfrentando. Nosso guarda saiu da porta e parou na frente da janela do outro lado do escritório para ver o que acontecia. Sem hesitar, com os passaportes nas mãos, dirigimo-nos para a porta, com calma, mas a passos largos. Em segundos, estávamos do lado de fora e seguimos apressadamente para o barco inglês, que estava no cais.

Rapidamente, subimos a escada e nos acomodamos no convés do navio. Mais alguns minutos e o capitão ordenou à tripulação que removesse a escada e ligasse os motores para a partida. Naquele momento, correndo e sem fôlego, apareceu o infeliz policial de Versalhes, acompanhado por dois soldados. Furioso ao ver que o barco estava para partir, gritou para o capitão: "Temos que entrar no seu navio, uma figura perigosa está entre os seus passageiros!". "*I'm sorry, sir*", respondeu o capitão, em inglês: "Este navio, da marinha de Sua Majestade a rainha da Inglaterra, é território britânico. A polícia francesa não é admitida". Diante dos gestos coléricos do policial, acrescentou: "*Excuse me, sir*, mas já estamos atrasados, temos de partir". E deu a partida! Estávamos salvos...

No barco, alguns passageiros, burgueses e filisteus até a alma, comentavam: "Quem pode ser essa pessoa perigosa? Sem dúvida, um daqueles *communards* assassinos! Espero que Thiers consiga acertar as contas com essa canalha, que ousa atacar a propriedade privada e roubar o dinheiro do Banco da França". "Não se preocupe", respondeu outro, "em alguns dias o assunto estará resolvido e espero que essa escória seja fuzilada sem piedade, até o último."

Tomamos o cuidado de não interferir nessas conversas nauseantes...

Poucas horas depois, desembarcamos em Dover: nosso controle de passaportes demorou apenas alguns minutos e logo em seguida pegamos uma carruagem para Londres. Após uma breve viagem, estávamos em casa, em Maitland Park, onde Mamãe e Eleanor, surpresas e emocionadas, nos abraçaram: não tivemos tempo de avisá-las de nossa chegada. Contamos a elas, em todos os detalhes, nossas aventuras na Paris insurgente, instando-as a mantê-las em segredo.

Meu caderno termina aqui e espero que continue sendo o segredo mais bem guardado do mundo.

Posfácio

O leitor terá facilmente adivinhado que esta é uma obra de "ficção política" ou de "história imaginária". Como diz o ditado, "qualquer semelhança entre os acontecimentos aqui descritos e a biografia real de Marx é pura coincidência". Na verdade, nenhuma coincidência é possível, já que a história contada não aconteceu... O maravilhoso *Caderno azul* de Jenny Marx é, como tantos outros "manuscritos encontrados" da literatura, uma invenção dos autores.

Por que escolhemos essa forma de expressão literária, para não dizer romanesca, essa "biografia ficcional"? O 150º aniversário da Comuna de Paris ensejou um grande número de obras de natureza histórica ou teórica, algumas das quais de grande valor. Queríamos fazer algo diferente, um pouco distanciado, um pouco às margens, por fora das regras e abordagens estabelecidas.

O objetivo desse procedimento inusitado era tornar vivo e tangível, por meio da imaginação, o interesse apaixonado de Karl Marx pela Comuna de 1871 e por seus protagonistas, assim como sua extraordinária capacidade de *aprender com os acontecimentos*. Uma ideia em movimento que ele colocaria no papel em uma de suas principais obras, *A guerra civil na França*. O reencontro imaginário, às vezes anacrônico, entre protagonistas que nunca se conheceram de fato é um gênero literário bem estabelecido. Em nosso modesto exercício, também quisemos prestar homenagem a algumas das figuras mais cativantes desse acontecimento histórico e fundador do movimento operário.

Por meio dessa narrativa ficcional, procuramos apresentar as ideias, as doutrinas e as análises na forma de diálogos entre pessoas vivas, entre individualidades singulares; quanto aos acontecimentos históricos, procuramos apreendê-los por meio do olhar maravilhado e encantado dos dois "visitantes".

Em última análise, a motivação para essa tentativa é perfeitamente subjetiva: queríamos reunir essas personagens na Paris insurgente! Sonhamos com um diálogo entre Karl e Jenny e os *communards* e tentamos dar forma a esse sonho por meio de uma narrativa imaginária.

Sobre os autores

Michael Löwy
Nascido em São Paulo em 1938, estudou Ciências Sociais na Universidade de São Paulo (USP). Doutorou-se na Sorbonne com uma tese sobre o jovem Marx orientada por Lucien Goldmann. Autor de vários livros, traduzidos em trinta línguas, entre eles *A teoria da revolução no jovem Marx*, editado pela Boitempo. Vive em Paris desde 1969, onde militou na Liga Comunista Revolucionária (seção francesa da Quarta Internacional). Atualmente, é diretor de pesquisas emérito no CNRS (Centre National de la Recherche Scientifique).

Olivier Besancenot
Nasceu em Paris em 1974. Trabalhou vários anos como carteiro. Foi candidato às eleições presidenciais pela Liga Comunista Revolucionária em 2002 e 2007, tendo obtido mais de 1 milhão de votos. Atualmente, é porta-voz do Novo Partido Anticapitalista. É autor, entre outras obras, de *Che Guevara, uma chama que ainda queima (*em colaboração com Michael Löwy, lançado pela Editora da Unesp).

© Boitempo, 2021
© Michael Löwy e Olivier Besancenot, 2021

Traduzido do original em francês *Marx à Paris, 1871: Le* Cahier Bleu *de Jenny*
(Paris, Le Manifeste, 2021)

Direção-geral Ivana Jinkings
Edição Frank de Oliveira
Coordenação de produção Livia Campos
Assistência editorial Carolina Mercês e Pedro Davoglio
Tradução Fabio Mascaro Querido
Preparação Gilson Cesar Cardoso
Revisão Márcia Leme
Diagramação Antonio Kehl
Capa Thiago Lacaz

Equipe de apoio Artur Renzo, Débora Rodrigues, Elaine Ramos, Frederico Indiani, Heleni Andrade, Higor Alves, Ivam Oliveira, Jéssica Soares, Kim Doria, Luciana Capelli, Marcos Duarte, Marina Valeriano, Marissol Robles, Marlene Baptista, Maurício Barbosa, Raí Alves, Thais Rimkus, Tulio Candiotto

FUNDAÇÃO ROSA LUXEMBURGO
BRASIL E PARAGUAI

www.rosalux.org.br

Esta publicação foi realizada com o apoio da Fundação Rosa Luxemburgo e fundos do Ministério Federal para a Cooperação Econômica e de Desenvolvimento da Alemanha (BMZ). O conteúdo da publicação é de responsabilidade exclusiva dos autores e não representa necessariamente a posição da FRL.
Diretor Torge Loeding • *Coordenador de projetos* Jorge Pereira Filho

CIP-BRASIL. CATALOGAÇÃO NA PUBLICAÇÃO
SINDICATO NACIONAL DOS EDITORES DE LIVROS, RJ

L956c
Löwy, Michael, 1938-
    O caderno azul de Jenny : a visita de Marx à comuna de Paris / Michael Löwy, Olivier Besancenot ; tradução Fábio Mascaro Querido. - 1. ed. - São Paulo : Boitempo, 2021.

    Tradução de: Marx à Paris, 1871 : le cahier bleu de Jenny
    ISBN 978-65-5717-065-6

    1. Ficção brasileira. 2. Marx, Jenny, 1844-1883. 3. Marx, Karl, 1818-1883. 4. Paris (França) - História - Comuna, 1871- I. Besancenot, Olivier. II. Querido, Fábio Mascaro. III. Título.

21-71053   CDD: 869.3
                                               CDU: 82-3(81)

Leandra Felix da Cruz Candido - Bibliotecária - CRB-7/6135

É vedada a reprodução de qualquer
parte deste livro sem a expressa autorização da editora.

1ª edição: maio de 2021

BOITEMPO
Jinkings Editores Associados Ltda.
Rua Pereira Leite, 373
05442-000 São Paulo SP
Tel.: (11) 3875-7250 / 3875-7285
editor@boitempoeditorial.com.br
www.boitempoeditorial.com.br | www.blogdaboitempo.com.br
www.facebook.com/boitempo | www.twitter.com/editoraboitempo
www.youtube.com/tvboitempo | www.instagram.com/boitempo

Créditos e identificações das ilustrações

Segunda capa e p. 1-8: efeito sobre detalhes da gravura *La prise des canons, le 18 mars 1871* (autoria desconhecida).

P. 10: cartaz *La Commune de Paris 1871, Grand Panorama 26 rue de Bondy*, 1883 (autoria desconhecida/Biblioteca Digital Gallica).

P. 12: detalhe da obra *Incendie et destruction de l'Hôtel de Ville de Paris par les Insurgents (Mai 1871)* (autoria desconhecida/Musée Carnavalet).

P. 18: Marx e sua filha Jenny, por volta de 1869 (autoria desconhecida).

P. 22-3: cartaz *Lamartine repoussant le drapeau rouge devant l'Hôtel de Ville, le 25 février 1848* (por Henri Félix Emmanuel Philippoteaux, Musée des Beaux-Arts de la Ville de Paris, Petit Palais).

P. 24: litografia *La barricade de la place Blanche défendue par des femmes lors de la Semaine sanglante* (por B. Moloch, Musée Carnavalet).

P. 40: retrato de Charles e Jenny Longuet (autoria desconhecida).

P. 52: retrato de Élisabeth Dmitrieff (autoria desconhecida).

P. 102: de pé, Marx e Engels e, sentadas, as filhas de Marx, Jenny, Eleanor e Laura, em meados da década de 1860 (autoria desconhecida).

P. 114-115: barricadas na Paris insurgente de 18 de março de 1871. Esquina da rua e do bulevar de Ménilmontant (por Roger-Viollet).

P. 116-117: o presídio de Chantiers, em Versalhes, em 15 de agosto de 1871. Entre as prisioneiras, Louise Michel (em pé no centro), que será deportada para a Nova Caledônia (Saint-Denis, Musée d'Art et d'Histoire).

P. 120: *Le Denier Jour de la Commune de Paris 1871* (Léon Choubrac-Hope, 1883).

Capa: Marx e Jenny em 1866 (Wikimedia Commons).

Terceira capa: Pose em volta da estátua de Napoleão e dos escombros da coluna Vendôme (Paris, Bulloz).

Contracapa: barricadas na Paris insurgente de 18 de março de 1871 (por Roger-Viollet).

Publicado em maio de 2021, 150 anos após a criação
da Comuna de Paris, este livro foi composto em tipo
Adobe Garamond Pro, corpo 11/14,3, e impresso em papel
Avena 80 g/m², pela gráfica Rettec, para a Boitempo, com
tiragem de 2.500 exemplares.